आसमान से ऊँची उड़ान

डॉ. कलाम का प्रेरक साहित्य

आसमान से ऊँची उड़ान

(युवाओं के लिए डॉ. कलाम के सक्सेस पाठ)

डॉ. ए.पी.जे. अब्दुल कलाम

प्रकाशक

प्रभात प्रकाशन प्रा. लि.

4/19 आसफ अली रोड, नई दिल्ली–110002

फोन : 011–23289777 • हेल्पलाइन नं. : 7827007777

इ–मेल : prabhatbooks@gmail.com ❖ वेब ठिकाना : www.prabhatbooks.com

संस्करण

2026

अनुवाद

श्री निशांत गोयल

पेपरबैक मूल्य

चार सौ रुपए

मुद्रक

नरुला प्रिंटर्स, दिल्ली

AASMAAN SE OONCHI UDAAN

by Dr. A.P.J. Abdul Kalam

(Hindi translation of

LEARNING HOW TO FLY: LIFE LESSONS FOR THE YOUTH)

Published by **PRABHAT PRAKASHAN PVT. LTD.**

4/19 Asaf Ali Road, New Delhi-110002

ISBN 978-93-90900-85-5

₹ 400.00 (PB)

प्रकाशक की टिप्पणी

डॉ. ए.पी.जे. अब्दुल कलाम ने अपने जीवन में कई भूमिकाएँ निभाईं। वे एक वैज्ञानिक, एक अगुआ, भारत के राष्ट्रपति और एक शिक्षक भी रहे। इन सभी भूमिकाओं के बीच शिक्षक की भूमिका ऐसी थी, जो उन्हें सबसे अधिक खुशी प्रदान करती थी। उनके लिए सबसे अधिक महत्त्वपूर्ण था—युवाओं से संवाद करना और उन्हें यह बताना कि अगर वे ठीक प्रकार के ज्ञान को पाते हैं तो अवसरों की एक पूरी दुनिया उनका इंतजार कर रही है। उन्होंने राष्ट्रपति के रूप में अपना कार्यकाल पूरा करने के बाद देश भर में यात्रा करने, छात्रों से मिलने, उनके साथ संवाद करने, उनसे बात करने और उन्हें सुनने में अपना अधिकांश समय बिताया।

उनके द्वारा इन संवादों के दौरान दिए गए व्याख्यान उनके उन विचारों के पीछे की भावना को सामने लाते हैं, जो उनके अनुसार, युवाओं के लिए बहुत आवश्यक थे। उन्होंने 'तेजस्वी मन' की अवधारणा के बारे में बात की। एक ऐसा मन, जिसका सामना विचार की उच्चतम प्रक्रियाओं एवं प्रेरणा के स्रोत से हो चुका है, जिसे दुनिया के सबसे महान् आविष्कारों व खोजों के विषय में बताया जा चुका है और साथ ही यह भी कि कैसे कुछ सबसे महान् पुरुषों और महिलाओं ने अपनी महानता को हासिल किया है; एक ऐसा मन है, जो ज्ञान की रोशनी से तेजस्वी हो चुका है।

इस पुस्तक में देश के विभिन्न हिस्सों में युवाओं को संबोधित उनके कुछ सर्वश्रेष्ठ, सबसे विस्तृत और दिलचस्प व्याख्यानों को एकत्रित किया

गया है। उनके द्वारा ये व्याख्यान स्कूली छात्रों, कॉलेज के छात्रों, इंजीनियरिंग या चिकित्सा जैसे पेशेवर कॉलेजों में पढ़नेवाले लोगों और यहाँ तक कि देश के बाहर अध्ययन करनेवाले छात्रों को भी दिए गए थे। इसके अलावा, इसमें अनेक ऐसे व्याख्यान भी शामिल किए गए हैं, जो उन्होंने शिक्षकों, पुस्तकालयाध्यक्षों और बच्चों की देखभाल करनेवालों को दिए।

इन व्याख्यानों से एक ऐसा मन सामने आता है, जो हमेशा ज्ञान का प्यासा था, नए अध्ययनों व खोजों को लेकर बहुत हद तक बच्चों जैसी जिज्ञासावाला था और एक ऐसा मस्तिष्क, जो आज के युवाओं के सामने आनेवाली चुनौतियों तथा वे उनसे पार कैसे पा सकते हैं, इस बारे में सोचना और गहराई से विश्लेषण करता हो। उन्होंने स्वयं पर विश्वास करने और भविष्य का अगुआ बनने के लिए आवश्यक आत्मविश्वास विकसित करने के बारे में एक बेहद आशावादी सबक दिया। उनका दृढ़ता से यह मानना था कि 'समस्या को हावी न होने दें। आगे बढ़ें और समस्या पर हावी हो जाएँ।'

ये व्याख्यान पढ़ने को और अधिक दिलचस्प बना देते हैं, जो युवाओं को डॉ. कलाम के जीवन के प्रमुख अवसरों, उनकी प्रेरणाओं और उनके गुरुओं की कहानियों से रू-बरू करवाएँगे। इसके अलावा, ये उन्हें देश के सामने आनेवाली चुनौतियों के बारे में जानने-समझने का भी अवसर देंगे और साथ ही वास्तव में दयालु, समानता भरा और महान् समाज बनाने के सबसे अच्छे तरीकों के बारे में भी बताएँगे। डॉ. कलाम के अपने शब्दों में, 'आसमान से ऊँची उड़ान' प्रत्येक पाठक को बताएगी कि हम में से प्रत्येक के पास पंख मौजूद हैं और हम सब ऊँची उड़ान भरने में सक्षम हैं।

अनुक्रम

मैं तो उड़ूँगा

मैं पंखों के साथ पैदा हुआ हूँ
इसलिए, मैं रेंगने के लिए नहीं बना हूँ,
मेरे पास पंख हैं, मैं तो उड़ूँगा।

प्रिय छात्रो और अध्यापको! मैं आपसे इस विषय में अपने विचार साझा करना चाहता हूँ कि जीवन में अपने लक्ष्यों को कैसे प्राप्त किया जाए? इसके कुछ साबित हो चुके चरण हैं—

- उम्र के बीसवें वर्ष में कदम रखने से पहले जीवन में एक लक्ष्य तय कर लें।
- उस लक्ष्य तक पहुँचने के लिए निरंतर ज्ञान प्राप्त करें।
- कड़ी मेहनत करें और दृढ़ बने रहें, ताकि आप सामने आनेवाली तमाम समस्याओं से पार पाते हुए सफलता पा सकें।

तेरहवीं शताब्दी के सुप्रसिद्ध फारसी सूफी संत जलालुद्दीन रूमी का लिखा एक प्रसिद्ध छंद है—'मैं तो उड़ूँगा'—

मैं तो उड़ूँगा

मैं क्षमता के साथ पैदा हुआ हूँ,
मैं अच्छाई और विश्वास के साथ पैदा हुआ हूँ,
मैं विचारों और सपनों के साथ पैदा हुआ हूँ,
मैं महानता के साथ पैदा हुआ हूँ,
मैं आत्मविश्वास के साथ पैदा हुआ हूँ,
मैं पंखों के साथ पैदा हुआ हूँ,
तो मैं रेंगने के लिए नहीं हूँ,
मेरे पास पंख हैं, मैं तो उड़ूँगा,
मैं तो उड़ूँगा, और उड़ूँगा।

मेरे युवा साथियो! शिक्षा हमें उड़ने के लिए पंख प्रदान करनेवाला साधन है। क्या सिर्फ आपके अवचेतन मस्तिष्क के यह कहने भर से कि 'मैं जीतूँगा' और आपके यह विश्वास करने से कि आप अपने लक्ष्य को प्राप्त कर सकते हैं, क्या यह वास्तविकता बन जाता है? यहाँ फिर भी मौजूद आप सब में से प्रत्येक के पास अग्नि की उड़ान है। अग्नि की उड़ान आपको शिक्षा की ओर ले जाती है, जो आपको डॉक्टर या इंजीनियर या वैज्ञानिक अथवा शिक्षक या राजनेता या नौकरशाह या राजनयिक के रूप में उड़ान भरने में सक्षम बनाती है। या फिर, हो सकता है कि आपके कदम चाँद या फिर मंगल तक पहुँच जाएँ या फिर आप कुछ ऐसा करने में सफल हों, जो आप चाहते हैं।

मेरे युवा साथियो! शिक्षा हमें उड़ने के लिए पंख प्रदान करनेवाला साधन है। क्या सिर्फ आपके अवचेतन मस्तिष्क के यह कहने भर से कि 'मैं जीतूँगा' और आपके यह विश्वास करने से कि आप अपने लक्ष्य को प्राप्त कर सकते हैं, क्या यह वास्तविकता बन जाता है? यहाँ फिर भी मौजूद आप सब में से प्रत्येक के पास अग्नि की उड़ान है।

बिजली के बल्ब को देखते ही अनायास ही हमारा ध्यान उसके आविष्कारक थॉमस अल्वा एडिसन की ओर चला जाता है। उन्होंने विद्युत् बल्ब और प्रकाश व्यवस्था का आविष्कार किया।

जब आप आसमान में उड़ान भरते हुए हवाई जहाज की आवाज सुनते हैं तो आपके जेहन में किसका नाम आता है? राइट बंधुओं ने साबित किया कि मानव हवा में उड़ भी सकता है।

टेलीफोन आपको किसकी याद दिलाता है? अलेक्जेंडर ग्राहम बेल की।

जब सारी दुनिया समुद्री यात्रा को या तो सिर्फ अनुभव या फिर जल-यात्रा मानती थी, तब यूनाइटेड किंगडम से भारत की अपनी यात्रा के दौरान एक व्यक्ति के मन में विचार आया कि जिस जगह पर धरती और आकाश

का मिलन होता है, आखिर वह क्षेत्र नीला क्यों दिखाई देता है? उसके शोध के चलते ही प्रकाश के प्रकीर्णन के तथ्य की खोज हुई और इस खोज के लिए सर सी.वी. रमन को 'नोबेल पुरस्कार' से सम्मानित किया गया।

एक ऐसे भारतीय गणितज्ञ हुए हैं, जिनके पास औपचारिक उच्च शिक्षा तो नहीं थी, लेकिन उनके मन में गणित के प्रति अटूट भावना और प्रेम कूट-कूटकर भरे हुए थे। उनकी यह भावना उन्हें एक ऐसी राह पर ले गई, जहाँ उन्होंने गणितीय अनुसंधान के भंडार में योगदान दिया, जिनमें से कुछ पर अभी भी गंभीर शोध और अध्ययन जारी है और जिसे औपचारिक रूप से प्रमाणित करने के लिए दुनिया भर के गणितज्ञ जुटे हुए हैं। वे एक ऐसे प्रतिभाशाली व्यक्ति थे, जिन्होंने कैंब्रिज के सबसे कठोर और उत्कृष्ट गणितज्ञ प्रोफेसर जी.एच. हार्डी के दिल को भी पिघला दिया था। वास्तव में, यह कहना कोई अतिशयोक्ति नहीं होगा कि वे प्रो. हार्डी ही थे, जिन्होंने श्रीनिवास रामानुजन के संख्या सिद्धांत में एक महान् गणितज्ञ की खोज की और उनकी प्रतिभा को दुनिया के सामने लाए।

एक ऐसे भारतीय गणितज्ञ हुए हैं, जिनके पास औपचारिक उच्च शिक्षा तो नहीं थी, लेकिन उनके मन में गणित के प्रति अटूट भावना और प्रेम कूट-कूटकर भरे हुए थे। उनकी यह भावना उन्हें एक ऐसी राह पर ले गई, जहाँ उन्होंने गणितीय अनुसंधान के भंडार में योगदान दिया"

ये सभी लोग ज्ञान के प्यासे थे और उनके काम व नाम अब इतिहास के पन्नों में अमिट हो चुके हैं।

मैं एक दशक के दौरान लगभग 2.15 करोड़ युवाओं से मिल चुका हूँ। आज के जैसी इन बैठकों और मुलाकातों से मैंने यह जाना है कि हर युवा अप्रतिम बनने का इच्छुक है। आप सिर्फ आप हो सकते हैं! लेकिन आपके चारों ओर की दुनिया दिन-रात आपको बाकी सबकी तरह बनाने के पूरे

प्रयास कर रही है। घर पर आपके माता-पिता चाहते हैं कि आप पड़ोसी के बच्चे की तरह बन जाएँ और उसकी तरह अच्छे अंक प्राप्त करें। जब आप विद्यालय पहुँचते हैं तो आपके शिक्षक कहते हैं, 'आखिर आप कक्षा के शीर्ष पाँच विद्यार्थियों में क्यों नहीं आ सकते?' आप जहाँ कहीं भी चले जाएँ, उन्हें यह कहते हुए पाएँगे, 'आपको कोई और या फिर किसी और की तरह होना ही होगा।' लेकिन मेरे प्यारे साथियो! मुझे पता है कि आप अपने आप में अप्रतिम होना चाहते हैं।

मेरे प्यारे साथियो! चुनौती है कि आपको सबसे कठिन लड़ाई लड़नी है और तब तक संघर्ष करने से पीछे नहीं हटना है, जब तक कि आप अपनी मंजिल तक नहीं पहुँच जाते हैं। आप इस लड़ाई को किन हथियारों के बल पर लड़ेंगे? वे हैं—जीवन में एक महान् उद्देश्य रखें, निरंतर ज्ञान को प्राप्त करते रहें और अपनी महान् उपलब्धि को पाने के लिए कड़ी मेहनत करें तथा दृढ़ बने रहें।

मेरे प्यारे साथियो! चुनौती है कि आपको सबसे कठिन लड़ाई लड़नी है और तब तक संघर्ष करने से पीछे नहीं हटना है, जब तक कि आप अपनी मंजिल तक नहीं पहुँच जाते हैं। आप इस लड़ाई को किन हथियारों के बल पर लड़ेंगे? वे हैं—जीवन में एक महान् उद्देश्य रखें, निरंतर ज्ञान को प्राप्त करते रहें और अपनी महान् उपलब्धि को पाने के लिए कड़ी मेहनत करें तथा दृढ़ बने रहें।

स्कूल में अपनी पढ़ाई के दौरान आपको एक ऐसा शानदार मित्र मिलेगा, जो जीवन भर आपके साथ रहेगा। कौन है वह मित्र? वह मित्र है—ज्ञान। मैं आपको यहाँ पर ज्ञान का समीकरण दे रहा हूँ—

ज्ञान = रचनात्मकता + पवित्रता + साहस

आइए, इनमें से प्रत्येक के बारे में एक-एक करके जानते हैं।

रचनात्मकता

सीखने से आती है रचनात्मकता,
रचनात्मकता चिंतन की राह पर ले जाती है,
चिंतन से ज्ञान प्राप्त होता है,
और ज्ञान आपको महान् बनाता है।

ज्ञान का अगला घटक है—पवित्रता। इस पहलू को एक पवित्र सूक्ति में वर्णित किया जा सकता है।

पवित्रता

वहाँ जहाँ पर हृदय में पवित्रता होती है,
वहाँ पर होती है चरित्र में सुंदरता।
जब चरित्र में सुंदरता होती है,
तब होता है घर में सद्‌भाव।
जब घर में सद्‌भाव होता है,
तब होता है देश में अनुशासन।
जब देश में अनुशासन होता है,
तब होती है विश्व में शांति।

अब सवाल यह उठता है कि हम पवित्रता को अपने मन में बिठाएँ कैसे? मेरे विचार से तीन ऐसे स्रोत हैं, जो युवाओं के हृदय में पवित्रता ला सकते हैं। वे हैं—माता, पिता और तीसरे व सबसे महत्त्वपूर्ण हैं शिक्षक, विशेषकर प्राथमिक विद्यालय के शिक्षक।

तीसरा घटक है—साहस, जिसे निम्नानुसार परिभाषित किया गया है—

साहस

अलग तरह से सोचने का साहस,
आविष्कार करने का साहस,
अज्ञात पथ पर चलने का साहस,

असंभव को खोजने का साहस,
समस्याओं का सामना करने और सफल होने का साहस,
युवाओं के अद्वितीय गुण हैं।
अपने देश के एक युवा के रूप में मैं काम करूँगा, और करूँगा
सभी मिशनों में सफलता पाने के लिए साहस के साथ।

ज्ञान आएगा कहाँ से? ज्ञान घर पर, पुस्तकों में, शिक्षकों से और एक समृद्ध व सीखनेवाले माहौल से पाया जा सकता है। इसके अलावा, इसे अच्छे मनुष्यों के संपर्क में आकर भी प्राप्त किया जा सकता है। जब विद्यालय छात्रों को प्राप्त किए गए ज्ञान को रचनात्मकता, पवित्रता और साहस के साथ प्रयोग करना सिखाता है तो इसका नतीजा होता है—बड़ी संख्या में सशक्त और प्रबुद्ध नागरिक। बदले में यह व्यक्ति के विकास, परिवार के विकास, देश के विकास और विश्व में शांति को बढ़ावा देने के लिए बेहद महत्त्वपूर्ण है। मौजूदा वैश्विक परिदृश्य में, जहाँ प्रत्येक व्यक्ति एक समृद्ध और शांतिपूर्ण माहौल में जीना चाहता है, शिक्षा के साथ युवाओं का सशक्तीकरण बहुत महत्त्वपूर्ण हो जाता है। इसके तीन आयाम हैं, जो इस प्रकार हैं—

ज्ञान आएगा कहाँ से? ज्ञान घर पर, पुस्तकों में, शिक्षकों से और एक समृद्ध व सीखनेवाले माहौल से पाया जा सकता है। इसके अलावा, इसे अच्छे मनुष्यों के संपर्क में आकर भी प्राप्त किया जा सकता है।

- नीति से सुसज्जित शिक्षा व्यवस्था,
- अध्यात्म के जरिए धर्मों से संबंध,
- समावेशी विकास।

विद्यालय का माहौल और शिक्षक का पढ़ाने का तरीका—कक्षा के अंदर व बाहर—दोनों ही ऐसे होने चाहिए, जो युवाओं को प्रेरित करें।

आज छात्रों को मुझे एक वचन देना होगा। इस वचन के कई भाग हैं

और मुझे इस बात का पूरा विश्वास है कि आप लोग उन सबको पूरा करेंगे।

- मैं एक लक्ष्य निर्धारित करूँगा और उसे पाने के लिए कड़ी मेहनत करूँगा। मुझे यह पता है कि छोटा सोचना एक अक्षम्य अपराध है।
- मैं ईमानदारी के साथ करूँगा और ईमानदारी से ही सफलता प्राप्त करूँगा।
- मैं अपने परिवार का एक अच्छा सदस्य, समाज का एक अच्छा सदस्य, देश का एक अच्छा सदस्य और दुनिया का एक अच्छा सदस्य बनूँगा।
- मैं जाति, पंथ, भाषा, धर्म या समुदाय के आधार पर कोई भेदभाव किए बिना किसी के जीवन को बचाने या सँवारने का प्रयास करूँगा।
- मैं सदैव प्रत्येक मानव जीवन की गरिमा की रक्षा और बढ़ाने का काम करूँगा और वह भी बिना किसी पूर्वग्रह के।
- मैं सदैव अपने समय के महत्त्व को ध्यान में रखूँगा। मेरा आदर्श होगा, 'मुझे अपने इन स्वर्णिम पलों को व्यर्थ नहीं जाने देना है।'
- मैं सदैव स्वच्छ पृथ्वी और स्वच्छ ऊर्जा के लिए काम करूँगा।
- मेरा राष्ट्रीय ध्वज तिरंगा मेरे हृदय व रोम-रोम में बसा हुआ है और मैं अपने देश का नाम रोशन करूँगा।

(21 जुलाई, 2015 को उत्तर प्रदेश के बिजनौर में छात्रों के साथ संवाद और संबोधन से)

□

उत्कृष्टता की संस्कृति का निर्माण करना

जब आप एक तारे को देखकर कुछ माँगते हैं
तो इससे कोई फर्क नहीं पड़ता कि आप कौन हैं।
आपका हृदय जो कुछ भी माँगेगा,
वह आपको अवश्य प्राप्त होगा।

मैं मद्रास इंस्टीट्यूट ऑफ टेक्नोलॉजी, चेन्नई में शिक्षा के दौरान के एक-एक महत्त्वपूर्ण अनुभव को साझा करने के साथ शुरुआत करता हूँ।

चेन्नई एम.आई.टी. से एरोनॉटिकल इंजीनियरिंग (1954-57) की शिक्षा प्राप्त करने के दौरान अपने पाठ्यक्रम के तीसरे वर्ष के दौरान मुझे और छह अन्य सहयोगियों को एक निम्न स्तरीय लड़ाकू विमान डिजाइन करने का प्रोजेक्ट सौंपा गया। मुझे सिस्टम डिजाइन और सिस्टम इंटीग्रेशन की जिम्मेदारी दी गई थी। इसके अलावा, इस परियोजना के वायु-गतिकीय और संरचनात्मक डिजाइन भी मेरे जिम्मे थे। मेरी टीम के बाकी पाँच सदस्यों ने विमान के प्रणोदन, नियंत्रण, मार्गदर्शन, एविओनिक्स और इंस्ट्रूमेंटेशन सिस्टम का डिजाइन तैयार किया। मेरे डिजाइन शिक्षक प्रो. श्रीनिवासन, जो उस समय एम.आई.टी. के निदेशक थे, हमारे मार्गदर्शक थे।

हमारे इस प्रोजेक्ट पर कुछ दिनों तक काम कर लेने के बाद उन्होंने इसकी समीक्षा की और मेरे काम को मायूसी भरा तथा निराशाजनक घोषित कर दिया। उन्होंने विभिन्न डिजाइनरों के डाटाबेस को एक साथ लाने में मेरे सामने आनेवाली कठिनाइयों को सुनने तक से इनकार कर दिया। मैंने उस काम को पूरा करने के लिए एक महीने का समय माँगा, क्योंकि मुझे अपने पाँच अन्य सहयोगियों से भी इनपुट प्राप्त करना था, जिसके बिना मेरे लिए इस सिस्टम डिजाइन को पूरा कर पाना असंभव था। प्रो. श्रीनिवासन ने मुझसे कहा, "देखो नौजवान, आज शुक्रवार की दोपहर है। मैं आपको तीन दिन का समय देता हूँ। अगर मुझे सोमवार की सुबह तक कॉन्फिगरेशन डिजाइन प्राप्त नहीं होती है तो आपकी छात्रवृत्ति रोक दी जाएगी।" मुझे यह सुनते ही

झटका-सा लगा। छात्रवृत्ति तो मेरी जीवन-रेखा थी। अगर इसे रोक दिया जाता है तो मैं अपनी पढ़ाई जारी नहीं रख पाऊँगा। मेरे पास नियत समय में डिजाइन को पूरा करने के अलावा और कोई रास्ता नहीं था। मुझे और मेरी टीम को अहसास हुआ कि अब हमें चौबीसों घंटे एक साथ काम करने की जरूरत है। हम उस पूरी रात सोए नहीं और ड्रॉइंग बोर्ड पर काम करने में इतने तल्लीन रहे कि हमने रात का खाना भी नहीं खाया। शनिवार को भी मैंने सिर्फ एक घंटे का विराम लिया। रविवार की सुबह मैं उसे पूरा करने के करीब था, तभी मुझे अपनी प्रयोगशाला में किसी की मौजूदगी की आहट महसूस हुई। वे प्रो. श्रीनिवासन थे, जो मेरी प्रगति को बहुत ध्यान से देख रहे थे। मेरे काम को देखने के बाद उन्होंने मेरी पीठ थपथपाई और मुझे प्यार से अपने गले लगा लिया। उन्होंने मेरी प्रशंसा करते हुए ये शब्द कहे, “मुझे पता है कि मैं आपको तनाव में डाल रहा हूँ और आपको एक बेहद कठिन समय-सीमा में काम पूरा करने को कह रहा हूँ। आपने सिस्टम डिजाइन को लेकर बेहतरीन काम किया है।”

अपनी इंजीनियरिंग शिक्षा के दौरान मैंने जो महत्त्वपूर्ण सबक सीखे, उनमें सिस्टम डेवलपमेंट, सिस्टम इंटीग्रेशन और सिस्टम मैनेजमेंट का महत्त्व शामिल थे। एकीकृत शिक्षण के इस अनुभव ने मुझे कॅरियर के विभिन्न चरणों में सहायता प्रदान की।

अपनी इंजीनियरिंग शिक्षा के दौरान मैंने जो महत्त्वपूर्ण सबक सीखे, उनमें सिस्टम डेवलपमेंट, सिस्टम इंटीग्रेशन और सिस्टम मैनेजमेंट का महत्त्व शामिल थे। एकीकृत शिक्षण के इस अनुभव ने मुझे कॅरियर के विभिन्न चरणों में सहायता प्रदान की।

प्रो. श्रीनिवासन ने जिस तरीके से काम की समीक्षा की, उसने वास्तव में टीम के प्रत्येक सदस्य को समय के मूल्य को समझाया और टीम से सर्वश्रेष्ठ प्राप्त करने में सफल रहा। मैं यह भी महसूस करने में सफल रहा कि अगर

कुछ बहुत महत्त्वपूर्ण दाँव पर लगा हुआ है तो मानव मस्तिष्क प्रज्वलित हो उठता है और उसकी कार्यक्षमता कई गुना तक बढ़ जाती है। बिल्कुल ऐसा ही हुआ था। यह प्रतिभा का निर्माण करने की तकनीकों में से एक है।

यहाँ पर संदेश यह है कि किसी भी संगठन में युवा, उनकी विशेषज्ञता चाहे जो भी हो, को कई विषयों और परियोजनाओं को समझने के लिए प्रशिक्षित किया जाना चाहिए, जो उन्हें नए उत्पादों, नवाचारों और उच्च संगठनात्मक जिम्मेदारियों के निर्वहन के लिए तैयार करेंगे। एक शिक्षक को प्रो. श्रीनिवासन की तरह प्रशिक्षक होना चाहिए।

> ***यहाँ पर संदेश यह है कि किसी भी संगठन में युवा, उनकी विशेषज्ञता चाहे जो भी हो, को कई विषयों और परियोजनाओं को समझने के लिए प्रशिक्षित किया जाना चाहिए, जो उन्हें नए उत्पादों, नवाचारों और उच्च संगठनात्मक जिम्मेदारियों के निर्वहन के लिए तैयार करेंगे।***

जनवरी 2006 में न्यू हॉरिजन्स रॉकेट ने 36,000 मील प्रति घंटे की रफ्तार को छूते हुए अब तक के सबसे तेज लॉन्च के रिकॉर्ड को दर्ज किया और सिर्फ नौ घंटे में ही चंद्रमा को पार कर गया। 30 लाख मील की यात्रा को पूरा करते हुए इस अंतरिक्ष यान को प्लूटो के व्यास को पार करने में सिर्फ 3 मिनट का समय लगा। एक तरफ जहाँ अधिकांश अंतरिक्ष यान अपनी ऑन-बोर्ड प्रणाली को संचालित करने के लिए सौर ऊर्जा पर निर्भर होते हैं, ये परमाणु ईंधन, समुचित रूप से, प्लूटोनियम—जो क्षय होने के साथ गरमी को छोड़ता है—द्वारा संचालित था। यह ईंधन वर्ष 2020 या फिर उससे भी आगे तक चलते रहने के हिसाब से डिजाइन किया गया है। परियोजना के प्रमुखों का अंदाजा था कि न्यू हॉरिजन्स के सिर्फ 7,750 मील (12,472 कि.मी.) तक पहुँचने के बाद मलबे की टक्कर से नष्ट होने का 10,000 में से एक मौका है। न्यू हॉरिजन्स को प्लूटो द्वारा पृथ्वी के पास से जाने के दौरान ली गई सभी

हजारों तसवीरों और प्रमाणों को वापस भेजने में लगभग सोलह महीने लगेंगे; लेकिन उस समय तक ये अंतरिक्ष यान क्विपर बेल्ट में और भी भीतर तक की यात्रा कर चुका होगा, जो बौने ग्रह प्लूटो से परे एक संभावित अनुवर्ती मिशन के लिए जा रहा था।

मैंने इस पूरे प्रकरण का उल्लेख आपको उन संभावनाओं को समझाने के लिए किया है, जो आपके सोचने के पुराने तरीकों को बदलने और कुछ नया व रोमांचक हासिल करने के लिए मौजूद हैं। मैं डेनिस वेटली की एक पुस्तक, 'एंपायर्स ऑफ द माइंड' पढ़ रहा था। यह पुस्तक बताती है कि अब हम कैसी दुनिया का सामना कर रहे हैं। बीते हुए कल में क्या था और आज क्या है ? इसे पढ़ने के बाद मैंने लेखक के कुछ बिंदुओं को संशोधित किया है। मैंने एक तीसरी पंक्ति भी जोड़ी है, जो नेतृत्व से संबंधित है। पुस्तक कहती है, "जरूरी नहीं कि जिस तरीके ने कल काम किया, वह आज भी काम करे।"

मैंने इस पूरे प्रकरण का उल्लेख आपको उन संभावनाओं को समझाने के लिए किया है, जो आपके सोचने के पुराने तरीकों को बदलने और कुछ नया व रोमांचक हासिल करने के लिए मौजूद हैं। मैं डेनिस वेटली की एक पुस्तक, 'एंपायर्स ऑफ द माइंड' पढ़ रहा था।

1. **बीता हुआ कल :** प्राकृतिक संसाधन शक्ति को परिभाषित करते थे।
   आज : ज्ञान ही शक्ति है।
   संस्थाओं को स्वयं को ज्ञान के साथ सशक्त बनाना चाहिए।
2. **बीता हुआ कल :** अनुक्रम मॉडल था।
   आज : जनादेश तालमेल है।
   विभिन्न संकायों का एकीकरण करनेवाले संस्थान अपने मिशन के लक्ष्यों को पाने में सफल रहेंगे।
3. **बीता हुआ कल :** नेता आदेश देते और नियंत्रित करते थे।

आज : नेता सशक्त करते और प्रशिक्षण देते हैं।

संस्थाओं को सतत विकास की आवश्यकताओं के प्रति संवेदनशील होना चाहिए।

4. **बीता हुआ कल :** अंशधारक पहले आते हैं।

   आज : उपभोक्ता पहले आते हैं।

   संस्थानों को सभी अंशधारकों की आवश्यकताओं के प्रति संवेदनशीलता विकसित करनी चाहिए।

5. **बीता हुआ कल :** कर्मचारी आदेश लेते थे।

   आज : टीम निर्णय लेती है।

   संस्थाओं को टीम भावना को बढ़ावा देना चाहिए।

6. **बीता हुआ कल :** वरिष्ठता दर्जा दरशाती थी।

   आज : रचनात्मकता दर्जा सँभालती है।

   संस्थानों का आकलन इस आधार पर किया जाएगा कि वे नवाचार और रचनात्मकता को कैसे बढ़ावा देते हैं।

7. **बीता हुआ कल :** उत्पादन उपलब्धता निर्धारित करती थी।

   आज : प्रतिस्पर्धा ही कुंजी है।

   संस्थान निरंतर विकसित होंगे और ज्ञान, प्रबंधन एवं प्रौद्योगिकी के साथ अधिक प्रतिस्पर्धी बनेंगे।

8. **बीता हुआ कल :** मूल्य एक अतिरिक्त था।

   आज : मूल्य सबकुछ है।

   संस्थानों को प्रत्येक स्तर पर मूल्य-वर्द्धन को समझने की आवश्यकता है।

9. **बीता हुआ कल :** हर कोई एक प्रतियोगी था।

   आज : हर कोई उपभोक्ता है।

   संस्थानों को उपभोक्ताओं की राय लेनी चाहिए और उसके आधार पर काररवाई करनी चाहिए।

10. **बीता हुआ कल :** योग्यता के जरिए मुनाफा कमाया जाता था।
आज : ईमानदारी के साथ काम करें और ईमानदारी के साथ सफल हों।

संस्थानों को ईमानदारी के साथ काम करने एवं ईमानदारी के साथ सफल होने की अवधारणा को आत्मसात् करना है और अपने छात्रों के बीच ऐसी संस्कृति के प्रवर्तकों के रूप में काम करना है।

उत्कृष्टता की संस्कृति नवाचार और रचनात्मकता द्वारा संचालित होती है। किसी भी राष्ट्र का आर्थिक विकास प्रतिस्पर्धा द्वारा प्रेरित होता है। प्रतिस्पर्धा ज्ञान से संचालित होती है। ज्ञान प्रौद्योगिकी द्वारा और प्रौद्योगिकी नवाचार द्वारा संचालित होती है। प्रौद्योगिकी और नवाचार दोनों ही संसाधन निवेश द्वारा संचालित होते हैं।

उत्कृष्टता की संस्कृति नवाचार और रचनात्मकता द्वारा संचालित होती है। किसी भी राष्ट्र का आर्थिक विकास प्रतिस्पर्धा द्वारा प्रेरित होता है। प्रतिस्पर्धा ज्ञान से संचालित होती है। ज्ञान प्रौद्योगिकी द्वारा और प्रौद्योगिकी नवाचार द्वारा संचालित होती है। प्रौद्योगिकी और नवाचार दोनों ही संसाधन निवेश द्वारा संचालित होते हैं। नवाचार हमारी कल्पना एवं ज्ञान के नए आयामों को खोलता है और रोजमर्रा के जीवन को गहराई तथा सामग्री में अधिक सार्थक व समृद्ध बनाता है। रचनात्मकता से नवाचार का जन्म होता है।

एक ज्ञानी समाज में हमें निरंतर कुछ नया करते रहना होता है। नवाचार रचनात्मकता के जरिए आते हैं। रचनात्मकता आती है श्रेष्ठ मस्तिष्क से। यह कहीं भी और दुनिया के किसी भी हिस्से में हो सकती है। यह एक मछुआरे के छोटे से गाँव से अथवा फिर एक किसान के घर से या फिर एक डेयरी फार्म से अथवा एक मवेशी प्रजनन केंद्र से प्रारंभ हो सकती है या फिर इसका उद्गम कक्षाओं या प्रयोगशालाओं अथवा फिर अनुसंधान एवं विकास केंद्रों

से भी हो सकता है। रचनात्मकता के आविष्कार, खोज और नवाचार जैसे कई आयाम हैं। एक रचनात्मक मस्तिष्क में मौजूदा विचारों का संयोजन करके, उन्हें बदलकर या फिर उनका पुनः उपयोग करके एक नई कल्पना करने या नया आविष्कार करने की काबिलीयत होती है। एक रचनात्मक व्यक्ति के पास बदलाव और नएपन को स्वीकारनेवाला दृष्टिकोण, विचारों व संभावनाओं के साथ खेलने की इच्छा, देखने के नजरिए का लचीलापन और इसे बेहतर करने के तरीकों को खोजने के दौरान जो कुछ भी अच्छा है, उसका आनंद लेने की आदत होना बेहद आवश्यक है। रचनात्मकता एक ऐसी प्रक्रिया है, जिसके जरिए हम लगातार विचारों में सुधार कर सकते हैं और अपने कार्यों में क्रमिक परिवर्तन एवं शोधन करके अद्वितीय समाधान पा सकते हैं। रचनात्मकता का महत्त्वपूर्ण पहलू एक ही चीज को बिल्कुल वैसे ही देखना है, जैसे दूसरे देखते हैं; लेकिन कुछ अलग तरीके से सोचते हुए। नवाचार और रचनात्मकता की परिणति अंततः उत्कृष्टता की संस्कृति में होती है।

सोच और कर्म में उत्कृष्टता किसी भी मिशन की नींव है। उत्कृष्टता क्या है? साथियो, आप सभी युवा वर्ग से संबंध रखते हैं, जो उत्कृष्टता की संस्कृति से परिपूर्ण होना चाहिए। उत्कृष्टता अचानक नहीं आ जाती है। यह एक ऐसी प्रक्रिया है, जिसमें कोई व्यक्ति या कोई संगठन या फिर राष्ट्र निरंतर खुद को बनाने का प्रयास करते हैं।

सोच और कर्म में उत्कृष्टता किसी भी मिशन की नींव है। उत्कृष्टता क्या है? साथियो, आप सभी युवा वर्ग से संबंध रखते हैं, जो उत्कृष्टता की संस्कृति से परिपूर्ण होना चाहिए। उत्कृष्टता अचानक नहीं आ जाती है। यह एक ऐसी प्रक्रिया है, जिसमें कोई व्यक्ति या कोई संगठन या फिर राष्ट्र निरंतर खुद को बनाने का प्रयास करते हैं। प्रदर्शन के मानक उनके स्वयं के द्वारा तय किए जाते हैं। वे अपने सपनों को पूरा करने के लिए मनोयोग से काम करते

हैं और परिकलित जोखिम उठाने को तैयार रहते हैं तथा साथ ही अपने सपनों को पूरा करने की दिशा में आगे बढ़ते हुए असफलताओं से कभी निराश नहीं होते हैं। इसके बाद जैसे-जैसे वे अपने मूल लक्ष्यों की दिशा में आगे बढ़ते हैं, अपने सपनों को आगे बढ़ाते हैं। वे अपनी पूरी क्षमता के साथ काम करने का प्रयास करते हैं और इस प्रक्रिया के दौरान वे अपने प्रदर्शन में बढ़ोतरी करते हैं, जिससे उनकी क्षमता और अधिक बढ़ जाती है। यह एक कभी न खत्म होनेवाला चक्र है। वे और किसी के साथ नहीं, बल्कि स्वयं से प्रतिस्पर्धा कर रहे होते हैं। मुझे पूरा विश्वास है कि आप में से हर कोई उत्कृष्टता की इस संस्कृति में महारत पाने की महत्त्वाकांक्षा रखेगा।

मारियो कैपेची एक बेहद कठिन और चुनौतीपूर्ण बचपन से गुजरे थे। करीब चार वर्षों तक कैपेची अपनी माँ के साथ इतालवी एल्प्स में स्थित एक चॉल में रहे। द्वितीय विश्व युद्ध के शुरू होने के बाद उनकी माँ को बोहेमियाइयों के साथ राजनीतिक कैदी के रूप में डाचाऊ के बंदी शिविर में भेज दिया गया।

उत्कृष्टता के संदर्भ में, मैं आपके साथ साझा करना चाहूँगा कि कैसे एक गली का लड़का 'नोबेल पुरस्कार' विजेता बनने में सफल हुआ।

मारियो कैपेची एक बेहद कठिन और चुनौतीपूर्ण बचपन से गुजरे थे। करीब चार वर्षों तक कैपेची अपनी माँ के साथ इतालवी एल्प्स में स्थित एक चॉल में रहे। द्वितीय विश्व युद्ध के शुरू होने के बाद उनकी माँ को बोहेमियाइयों के साथ राजनीतिक कैदी के रूप में डाचाऊ के बंदी शिविर में भेज दिया गया। गेस्टापो द्वारा अपनी गिरफ्तारी को लेकर सशंकित उनकी माता ने अपनी सारी संपत्ति बेच दी थी और उससे मिले पैसे को अपने कुछ दोस्तों को इस उम्मीद में दे दिया था कि वे उनके बेटे को अपने खेतों में पाल लेंगे। उनका बेटा उस खेत में पहुँचा, जहाँ उसे गेहूँ उगाना था, उसकी कटाई करनी थी और उसे पिसवाने के लिए चक्की पर भी ले जाना था। लेकिन उनकी माँ द्वारा उनके

लिए छोड़ा गया पैसा जल्द ही खत्म हो गया और साढ़े चार वर्ष की उम्र में ही उन्होंने सड़क पर रहना प्रारंभ कर दिया। कई बार तो दूसरे बेघर बच्चों के गिरोह का सदस्य बनकर, कई बार अनाथालयों में रहकर और अधिकांश समय उन्हें भूखा ही रहना पड़ता। उन्होंने एक साल रेजियो एमेलिया शहर में बिताया, जहाँ वे कुपोषण से पीड़ित होने के बाद अस्पताल में भरती रहे और उनकी माँ ने एक साल तक उन्हें तलाशने के बाद उनके नौवें जन्मदिन पर उन्हें खोज निकाला। कुछ सप्ताह के भीतर ही कैपेची और उनकी माँ अमेरिका में रहनेवाले उनके चाचा व चाची के यहाँ जाने के लिए जहाज पर सवार थे।

उन्होंने वहाँ पहुँचकर तीसरी कक्षा की पढ़ाई बिल्कुल नए सिरे से प्रारंभ की। खेलों में उनकी रुचि थी और उन्होंने राजनीति विज्ञान पढ़ना शुरू किया। लेकिन उन्हें वह विषय दिलचस्प नहीं लगा और उन्होंने बदलकर गणित ले लिया। सन् 1961 में वे भौतिकी एवं रसायन-शास्त्र—दो विषयों में विशेषज्ञता के साथ स्नातक हो गए। हालाँकि उन्हें वास्तव में भौतिकी अपने लालित्य और सादगी के चलते अधिक पसंद थी, उन्होंने जेम्स डी. वॉटसन की सलाह पर, जिन्होंने उन्हें सलाह दी कि उन्हें छोटी-मोटी बातों की परवाह नहीं करनी चाहिए, क्योंकि ऐसी परिस्थितियाँ सिर्फ छोटे जवाब ही उत्पन्न करती हैं, स्नातक विद्यालय में आणविक जीव-विज्ञान में दाखिला ले लिया।

उन्होंने वहाँ पहुँचकर तीसरी कक्षा की पढ़ाई बिल्कुल नए सिरे से प्रारंभ की। खेलों में उनकी रुचि थी और उन्होंने राजनीति विज्ञान पढ़ना शुरू किया। लेकिन उन्हें वह विषय दिलचस्प नहीं लगा और उन्होंने बदलकर गणित ले लिया।

कैपेची का प्रमुख उद्देश्य जीन लक्ष्यीकरण करना था। उन्होंने सन् 1980 में प्रयोग प्रारंभ किए और 1984 तक वह स्पष्ट सफलता हासिल कर चुके थे। तीन साल बाद उन्होंने इस तकनीक को चूहों पर आजमाया। सन् 1989

में वे लक्षित उत्परिवर्तन के साथ पहले चूहे को विकसित करने में कामयाब रहे। कैपेची द्वारा तैयार की गई तकनीक शोधकर्ताओं को चूहे में, वे जहाँ कहीं भी चाहें, आनुवंशिक कोड चुनते हुए विशिष्ट जीन उत्परिवर्तन तैयार करने की अनुमति देती है। इस प्रकार से, जीन अनुक्रमों में हेर-फेर करते हुए शोधकर्ता मानवीय रोग स्थितियों की पशुओं में हूबहू नकल करने में सक्षम होते हैं। मानव स्वास्थ्य के क्षेत्र में मारियो कैपेची का शोध किसी भी स्थिति में अद्भुत से कम नहीं है और चूहों पर उनके द्वारा किया गया काम अल्जाइमर की बीमारी, यहाँ तक कि कैंसर तक, के इलाज का रास्ता खोल सकता है। आनुवंशिकी के क्षेत्र में मारियो कैपेची की सफलता ने उन्हें सन् 2007 में 'नोबेल पुरस्कार' जितवाया।

यह याद रखना महत्त्वपूर्ण है कि विज्ञान तभी पनपता है, जब यह दुनिया की अत्यावश्यक चुनौतियों को हल करने की ओर आगे बढ़ता है और यह इक्कीसवीं सदी की इंजीनियरों से माँग है।

नोबेल पुरस्कार विजेता कैपेची का जीवन साबित करता है कि

जब आप एक तारे को देखकर कुछ माँगते हैं,
तो इससे कोई फर्क नहीं पड़ता कि आप कौन हैं,
आपका हृदय जो कुछ भी माँगेगा,
वह आपको अवश्य प्राप्त होगा।

यह याद रखना महत्त्वपूर्ण है कि विज्ञान तभी पनपता है, जब यह दुनिया की अत्यावश्यक चुनौतियों को हल करने की ओर आगे बढ़ता है और यह इक्कीसवीं सदी की इंजीनियरों से माँग है।

कुछ समय पहले मैं हार्वर्ड विश्वविद्यालय गया था, जहाँ मैंने हार्वर्ड स्कूल ऑफ इंजीनियरिंग एंड एप्लाइड साइंसेज के कई प्रतिष्ठित प्रोफेसरों की प्रयोगशालाओं का दौरा किया। मुझे याद है कि कैसे प्रो. हॉन्गकुन पार्क ने मुझे नैनो सुइयों का अपना आविष्कार दिखाया, जो लक्षित व्यक्तिगत कोशिकाओं

में छेद कर उन तक सामग्री को पहुँचा सकता है। नैनो कण विज्ञान ऐसे जैव-विज्ञान को आकार दे रहा है। इसके अलावा, प्रो. विनोद मनोहरन ने दिखाया कि कैसे जीव-विज्ञान नैनो सामग्री विज्ञान को भी आकार प्रदान कर रहा है। वे डी.एन.ए. सामग्री का उपयोग कर आत्म-संयोजन कणों को डिजाइन कर रहे हैं। परमाणु स्तर पर जब एक विशेष प्रकार के डी.एन.ए. को एक कण पर प्रयुक्त किया जाता है तो वह उनसे एक पूर्वलग्न व्यवहार और स्वचालित संयोजन उत्पन्न करने में सक्षम होता है। यह डॉ. के. एरिक ड्रेक्सलर द्वारा अंतरिक्ष की गहराइयों में परिकल्पित उन उपकरणों और कॉलोनियों की स्वयं जोड़ी के लिए हमारा जवाब हो सकता है, जो बिना मानव हस्तक्षेप के तैयार की गई हों। ऐसे में, मैंने देखा कि कैसे एक एकल अनुसंधान भवन की सीमा में ही दो अलग-अलग विज्ञान प्रौद्योगिकीविदों के बीच बिना किसी वाद-विवाद के एक-दूसरे को आकार दे रहे हैं। इस प्रकार, जैसे विज्ञान एक-दूसरे को और हमारे भविष्य को आकार देगा, वह कुछ ऐसा है, जिसे आज के छात्रों को समझने और इसके लिए तैयार रहने की आवश्यकता है।

यह डॉ. के. एरिक ड्रेक्सलर द्वारा अंतरिक्ष की गहराइयों में परिकल्पित उन उपकरणों और कॉलोनियों की स्वयं जोड़ी के लिए हमारा जवाब हो सकता है, जो बिना मानव हस्तक्षेप के तैयार की गई हों।

इसी प्रकार, यूनिवर्सिटी ऑफ एडिनबर्ग, यूनाइटेड किंगडम के दौरे के दौरान मैं प्रो. सिद्धार्थन चंद्रन से मिला, जिन्होंने मुझे एनी रॉलिंग रीजेनरेटिव न्यूरोलॉजी क्लीनिक दिखाया। मैं विशेष रूप से मानसिक और तंत्रिका संबंधी विकारों की प्रारंभिक पहचान के बारे में पता लगाए जाने के क्षेत्र में किए जा रहे काम से बेहद प्रभावित था। प्रो. चंद्रन ने आमतौर पर आँखों की देखभाल करनेवाले पेशेवरों द्वारा इस्तेमाल की जानेवाली तकनीकों को प्रयोग करने और उनकी मदद से तंत्रिका संबंधी विकारों के बारे में पता लगाने में मदद

करने संबंधी अपने काम से परिचय करवाया। उनकी टीम ऑप्टिकल स्कैनर उपकरणों का प्रयोग करते हुए, आँख के अंदर, विशेष रूप से रेटिना की मैपिंग कर रही थी। वे और भी आगे जा रहे हैं और ऑप्टिकल तंत्रिका पर ध्यान केंद्रित कर रहे हैं, जो रेटिना में मौजूद एक छोटा सा स्थान होता है, जो न्यूरॉन्स और फोटो रिसेप्टर्स को आँख से मस्तिष्क तक ले जाता है। उन्नत तकनीकों का इस्तेमाल करते हुए वे ऑप्टिकल तंत्रिकाओं के भीतर मिलीमीटर तक भी झाँकने और उसकी अनुदैर्घ्य एवं क्रॉस-सेक्शन छवि तैयार करने में सक्षम हैं।

मैंने 'साइंस' जर्नल में एक लेख पढ़ा, जिसमें टेक्निश यूनिवर्सिटेट म्यूनचेन (टी.यू.एम.) में तैयार किए गए नवीनतम डी.एन.ए. उपकरणों के बारे में बताया गया है, जिनमें चलायमान हाथों वाले एक रोबोट, खुलने व बंद होनेवाली एक पुस्तक, एक बदले जानेवाले गियर और एक प्रवर्तक भी शामिल हैं।

मैंने 'साइंस' जर्नल में एक लेख पढ़ा, जिसमें टेक्निश यूनिवर्सिटेट म्यूनचेन (टी.यू.एम.) में तैयार किए गए नवीनतम डी.एन.ए. उपकरणों के बारे में बताया गया है, जिनमें चलायमान हाथों वाले एक रोबोट, खुलने व बंद होनेवाली एक पुस्तक, एक बदले जानेवाले गियर और एक प्रवर्तक भी शामिल हैं। लेकिन इस परियोजना की एक और विशेषता है— ये नैनो-मीटर-स्केल संरचनाओं और मशीनों के लिए एक प्रोग्राम योग्य निर्माण सामग्री के रूप में डी.एन.ए. का उपयोग करने के विज्ञान में एक महत्त्वपूर्ण खोज को प्रदर्शित करता है। नतीजा मॉड्यूलर 3डी बिल्डिंग इकाइयों को जोड़ने और पुनः समानुरूप बनाने के लिए बेस जोड़े तारों को एक साथ जोड़नेवाली तकनीक के स्थान पर पजल पीस जैसी पूरक आकृतियों को जोड़ने का एक नया दृष्टिकोण पेश करता है। यह न केवल चलायमान भागों के साथ वास्तविक नैनो-मशीनों के लिए रास्ता खोलता है, बल्कि उनके स्वयं के स्वयंयोजन को आसान बनानेवाली एक टूलकिट भी प्रदान करता है। यह

एक नया क्षेत्र है, जिसे कागज मोड़नेवाली पारंपरिक जापानी कला के संदर्भ वाली 'डी.एन.ए. ऑरिगामी' के नाम से जाना जाता है। यह कार्यक्रम बहुत तेजी के साथ वास्तविक अनुप्रयोगों की दिशा में आगे बढ़ रहा है। शोधकर्ता विशिष्ट टुकड़ों की रासायनिक आयन एकाग्रता में परिवर्तन करके नैनो कणों के शामिल होने को नियंत्रित कर सकते हैं। इसके साथ ही वे तापमान नियंत्रण का उपयोग करके जुड़नेवाले पैटर्न को भी नियंत्रित कर रहे हैं। ऐसे नियंत्रित संयोजित रोबोट गहन अंतरिक्ष अनुप्रयोगों और मानव शरीर के भीतर रोगाणुओं एवं रोग-जनकों से लड़ने में काफी उपयोगी साबित हो सकते हैं। इस प्रकार, तापमान की भौतिकी और आयन सांद्रता के रसायन विज्ञान के साथ डी.एन.ए. इंटरेक्शन की जैव-विविधता का उपयोग करके वे रोबोट संयोजन की यांत्रिकी को अनुभव कर रहे हैं, जो अंतरिक्ष विज्ञान या चिकित्सा क्षेत्र में सशक्त रूप से उपयोगी साबित हो सकते हैं।

वैश्विक स्तर पर, एक बिल्कुल नया पहलू पेश किया जा रहा है, जो पारिस्थितिकी का है। माँग स्थायी प्रणालियों के विकास की ओर बढ़ रही है, जो तकनीकी रूप से बेहतर है। यह इक्कीसवीं सदी के ज्ञान समाज का नया आयाम है, जहाँ विज्ञान और पर्यावरण एक साथ चलेंगे। इस प्रकार, नए युग का मॉडल चतुरायामी और जैव-नैनो-सूचना-पर्यावरण आधारित होगा।

वैश्विक स्तर पर, एक बिल्कुल नया पहलू पेश किया जा रहा है, जो पारिस्थितिकी का है। माँग स्थायी प्रणालियों के विकास की ओर बढ़ रही है, जो तकनीकी रूप से बेहतर है। यह इक्कीसवीं सदी के ज्ञान समाज का नया आयाम है, जहाँ विज्ञान और पर्यावरण एक साथ चलेंगे। इस प्रकार, नए युग का मॉडल चतुरायामी और जैव-नैनो-सूचना-पर्यावरण आधारित होगा। जब प्रौद्योगिकियाँ और प्रणालियाँ एक साथ मिलती हैं तो स्पष्ट रूप से एक

महत्त्वपूर्ण पहलू होता है—'सिस्टम का विचार और कार्यान्वयन'।

यह भी सच है कि सफल वैज्ञानिक निश्चित रूप से अथाह संपत्ति अर्जित करते हैं, लेकिन उनकी प्रेरणा हमेशा पैसे से परे ही होती है। वे ऐसा सोचते हैं कि वे दूसरों के जीवन में क्या बदलाव ला सकते हैं। विज्ञान मानवता की पीड़ा को कम करने के लिए अकसर करुणा और सहानुभूति से प्रेरित होता है।

टेलीफोन की ओर देखो। यह आपको एक असाधारण वैज्ञानिक अलेक्जेंडर ग्राहम बेल की याद दिलाएगा। वे एक महान् आविष्कारक होने के साथ ही दया और सेवाभाव से परिपूर्ण एक व्यक्ति थे। वास्तव में, टेलीफोन के विकास तक ले जानेवाला अधिकांश अनुसंधान श्रवण-बाधित लोगों के सामने आनेवाली चुनौतियों का समाधान खोजने और उन्हें सुनने तथा संवाद करने में सक्षम होने में मदद करने की दिशा में प्रारंभ हुआ था। ग्राहम बेल की माँ एवं पत्नी दोनों ही बहरी थीं और इस तथ्य ने विज्ञान के प्रति बेल के दृष्टिकोण को गहराई से बदल दिया। उन्होंने ऐसा उपकरण बनाने का प्रण किया, जो बहरे लोगों की मदद कर सके। उन्होंने सुनने में अक्षम लोगों को बिल्कुल नए तरीके से सिखाने के लिए बोस्टन में एक विशेष विद्यालय प्रारंभ किया। इन सबने उन्हें ध्वनि के साथ काम करने को प्रेरित किया और नतीजा टेलीफोन के आविष्कार के रूप में सामने आया। क्या आप अलेक्जेंडर ग्राहम बेल के सबसे प्रसिद्ध छात्र के नाम का अनुमान लगा सकते हैं? वह थे—महान् लेखक, कवि और सामाजिक कार्यकर्ता हेलेन केलर, जो स्वयं श्रवण-बाधित और दृष्टिहीन थे। अपने शिक्षक के बारे में बात करते हुए एक बार उन्होंने कहा था कि बेल ने अपना पूरा जीवन उस 'अमानवीय मौन, जो अलग और विमुख कर देता है', को भेदने में लगा दिया है।

> ***टेलीफोन की ओर देखो। यह आपको एक असाधारण वैज्ञानिक अलेक्जेंडर ग्राहम बेल की याद दिलाएगा। वे एक महान् आविष्कारक होने के साथ ही दया और सेवाभाव से परिपूर्ण एक व्यक्ति थे।***

अंत में, मैं आपसे पूछना चाहता हूँ कि आप किस बात के लिए याद रखा जाना पसंद करेंगे? आपको खुद को विकसित करना और अपने जीवन को आकार देना होगा। अपने सपनों को कागज के एक टुकड़े पर लिख लें। वह पृष्ठ मानव इतिहास की पुस्तक का एक महत्त्वपूर्ण पृष्ठ भी साबित हो सकता है। आपको देश के इतिहास में उस एक पृष्ठ को बनाने के लिए याद किया जाएगा, फिर चाहे वह पृष्ठ आविष्कार का हो, नवाचार का हो या खोज का हो अथवा सामाजिक परिवर्तन का हो या गरीबी हटाने का पृष्ठ हो या फिर मानव जाति के लिए नई तकनीकों को खोजने का पृष्ठ।

(21 जुलाई, 2015 को उत्तर प्रदेश के बिजनौर में आर.वी. इंस्टीट्यूट ऑफ टेक्नोलॉजी के छात्रों के साथ किया गया संवाद और संबोधन।)

□

युवाओं के तेजस्वी मन

युवाओं की शक्ति निश्चित रूप से
बदलाव की वाहक साबित होगी।

आज मैं आपके साथ साझा करना चाहता हूँ कि युवाओं के प्रज्वलित मस्तिष्क कैसे महान् और उद्देश्यपूर्ण जीवन का कारण बन सकते हैं, जिससे समाज समृद्ध होगा और इसके परिणामस्वरूप देश व दुनिया भी। यह बात 'युवाओं के तेजस्वी मन और महान् चुनौतियों' से संबंधित है।

मैं आपके साथ अप्रैल 2007 का एक खूबसूरत अनुभव साझा करता हूँ, जब मैं ग्रीस के दौरे पर गया था। मैं बात करने के साथ-साथ एथेंस में एक्रोपोलिस पहाड़ की चोटी पर चढ़ रहा था। रास्ते में मेरा सामना 150 यूनानी छात्रों के एक समूह से हुआ। वे सभी बहुत मिलनसार थे और उनके साथ मौजूद शिक्षकों ने आगे आकर छात्रों का परिचय करवाया। उन्होंने कहा कि वे भारत के राष्ट्रपति से मिलकर बहुत खुश थे और साथ ही बच्चे उन्हें सुनने के इच्छुक थे। उस पल मेरे मस्तिष्क में उन कुछ महान् व्यक्तित्वों के बारे विचार आया, जिन्हें ग्रीस की धरती ने दुनिया को दिया था—सुकरात, प्लेटो और अरस्तू। जब मैंने उन युवा छात्रों को देखा तो प्लेटो के शब्द मेरे मस्तिष्क में गूँज रहे थे। उन्होंने कहा था, "राज्य की स्थापना करने का हमारा उद्देश्य किसी एक निश्चित वर्ग की खुशहाली नहीं था, बल्कि सबके लिए ढेर सारी खुशियाँ था।" और यह 2,400 साल पहले कहा गया था।

बिल्कुल इसी प्रकार, लगभग उसी दौर में, तमिल कवि संत तिरुवल्लुवर ने कहा था, "किसी भी देश को बनानेवाले प्रमुख तत्त्व हैं—रोग-मुक्त होना, उच्च उपार्जन क्षमता, उच्च उत्पादकता, सामंजस्यपूर्ण जीवन और मजबूत रक्षा-प्रणाली।" इन सभी तत्त्वों को तमाम देशों के नागरिकों को कैसे प्रदान किया जा सकता है?

बस, इन्हीं विचारों के साथ मैंने अपना मन बना लिया कि मुझे उन

यूनानी छात्रों और युवाओं को क्या संदेश देना है। मैंने धीरे-धीरे एक सूक्ति को पंक्ति-दर-पंक्ति दोहराना प्रारंभ कर दिया, जिसे मैं आमतौर पर भारतीय आध्यात्मिक केंद्रों में सुनता रहता था।

पवित्रता

वहाँ, जहाँ पर हृदय में पवित्रता होती है,
वहाँ पर होती है चरित्र में सुंदरता।
जब चरित्र में सुंदरता होती है,
तब होता है घर में सद्भाव।
जब घर में सद्भाव होता है,
तब होता है देश में अनुशासन।
जब देश में अनुशासन होता है,
तब होती है विश्व में शांति।

सिर्फ उन छात्रों ने ही इन शब्दों को मेरे साथ नहीं दोहराया, बल्कि उस समय एक्रोपोलिस के आसपास मौजूद सभी पर्यटकों ने भी इन्हें दोहराया और चारों तरफ इनकी प्रतिध्वनि सुनी जा सकती थी। मुझे महसूस हुआ कि विभिन्न देशों से संबंध रखनेवाले लोग, युवा और अनुभवी—दोनों ही अपनी राष्ट्रीयता के इतर कैसे पवित्रता के विचार से प्रभावित होते हैं। हृदय की पवित्रता महान् व्यक्तित्वों, परिवारों, देशों और अंततः एक महान् धरती के निर्माण का प्रारंभिक बिंदु है।

युवाओं का तेजस्वी मन इस धरती पर मौजूद सबसे शक्तिशाली संसाधन है। मुझे इस बात का पूरा भरोसा है कि युवाओं की शक्ति, अगर उसे ठीक से निर्देशित किया जाए तो, वह तमाम चुनौतियों का सामना करके परिवर्तनशील मानवता लाने के साथ शांति और समृद्धि लाने में भी सफल होगी।

युवाओं का तेजस्वी मन इस धरती पर मौजूद सबसे शक्तिशाली संसाधन है। मुझे इस बात का पूरा भरोसा है कि

युवाओं की शक्ति, अगर उसे ठीक से निर्देशित किया जाए तो, वह तमाम चुनौतियों का सामना करके परिवर्तनशील मानवता लाने के साथ शांति और समृद्धि लाने में भी सफल होगी।

आइए, अब हम दुनिया के सामने पेश आनेवाली दो प्रमुख समस्याओं पर विचार करते हैं—एक है दुनिया की 7 अरब आबादी में से कुछ निश्चित महाद्वीपों की आधी से भी अधिक आबादी गरीबी रेखा से भी नीचे जीवन-यापन करती है, 50 प्रतिशत आबादी के पास पीने के लिए सुरक्षित पेयजल नहीं है और गुणवत्तापूर्ण शिक्षा तक कइयों की पहुँच नहीं है। इस स्थिति को सुधारने के क्रम में दुनिया भर के युवा क्या योगदान कर सकते हैं? अगर प्रत्येक शिक्षित व्यक्ति अपने जीवनकाल में कम-से-कम पाँच लोगों को शिक्षित करने का बीड़ा उठा ले तो हम निरक्षरता को मिटाने की शुरुआत करने की दिशा में कदम आगे बढ़ा सकते हैं। क्या युवा जल संरक्षण का संदेश फैला सकते हैं? क्या पानी की कमी को दूर करने के लिए युवा 'लीक से हटकर किसी समाधान' के साथ सामने आ सकते हैं?

मैंने 'लीड इंडिया-2020' नामक एक आंदोलन का प्रस्ताव दिया है, जो एक युवा आंदोलन है, जिसमें मेरे द्वारा विशेष रूप से डिजाइन की गई दस बिंदुओं वाली एक शपथ के आधार पर युवा छात्रों के लिए मिशन है।

मैंने 'लीड इंडिया-2020' नामक एक आंदोलन का प्रस्ताव दिया है, जो एक युवा आंदोलन है, जिसमें मेरे द्वारा विशेष रूप से डिजाइन की गई दस बिंदुओं वाली एक शपथ के आधार पर युवा छात्रों के लिए मिशन है।

युवाओं को दी जानेवाली शपथ कहती है कि वे एक व्यक्तिगत लक्ष्य के लिए कड़ी मेहनत करते हुए भी साक्षरता, पर्यावरण, सामाजिक न्याय के क्षेत्रों में समाज के लिए एक अंतर बना सकते हैं, ग्रामीण-शहरी विभाजन को कम कर सकते हैं और राष्ट्रीय विकास के लिए लक्ष्य बना सकते हैं। मैं जोर देकर कहता हूँ कि छोटा लक्ष्य अक्षम्य अपराध है। युवाओं के विकास के कई आयाम हैं। युवाओं को कॅरियर के लक्ष्य के साथ अपने ज्ञान को बेहतर

बनाने के लिए कड़ी मेहनत करनी चाहिए और साथ ही परिवार, समाज एवं राष्ट्र की सेवा भी करनी चाहिए। सभी एक-दूसरे के पूरक हैं।

अच्छे कर्मों के विषय में बात करते हुए मुझे महात्मा गांधी को उनकी माँ द्वारा दी गई एक सीख की याद आ रही है। उन्होंने कहा, "बेटे, अगर तुम अपने पूरे जीवनकाल में किसी का जीवन बचा या बेहतर बना सको तो एक मनुष्य के रूप में तुम्हारा पूरा जीवन सफल है।"

उनकी इस सीख ने गांधीजी के मस्तिष्क को बेहद प्रभावित किया और उन्होंने जीवन भर मानवता की सेवा के लिए काम किया।

मैं आपको निस्स्वार्थता का एक और उदाहरण देता हूँ।

वर्ष 2003 के दौरान अरुणाचल प्रदेश के एक दौरे पर मैं 3,500 मीटर की ऊँचाई पर स्थित तवांग में बने एक बौद्ध मठ में भी गया। मैं उस बौद्ध मठ में लगभग पूरे दिन रहा। मैंने देखा कि आसपास के सभी गाँवों में युवा और बुजुर्ग अत्यधिक सर्दी के बावजूद आंतरिक प्रसन्नता को बिखेर रहे थे।

वर्ष 2003 के दौरान अरुणाचल प्रदेश के एक दौरे पर मैं 3,500 मीटर की ऊँचाई पर स्थित तवांग में बने एक बौद्ध मठ में भी गया। मैं उस बौद्ध मठ में लगभग पूरे दिन रहा। मैंने देखा कि आसपास के सभी गाँवों में युवा और बुजुर्ग अत्यधिक सर्दी के बावजूद आंतरिक प्रसन्नता को बिखेर रहे थे। 400 साल पुराने तवांग मठ में मैंने सभी आयु वर्ग के मठवासियों को शांति की स्थिति में पाया। मैंने अपने आप से पूछा कि आखिर तवांग और उसके आसपास के गाँवों में ऐसी क्या अनोखी विशेषता है, जो लोगों और मठवासियों को खुद के ही साथ शांति से रहने का अवसर देती है? मैंने प्रमुख मठवासी से इस विषय में पूछा। वे हँसते हुए बोले, "आप भारत के राष्ट्रपति हैं। आपको तो हमारे और पूरे देश के बारे में सबकुछ पता ही होगा।" मैंने दोबारा कहा, "यह मेरे लिए बेहद महत्त्वपूर्ण है। कृपया मुझे अपना मनीषी विश्लेषण दें।"

वहाँ पर भगवान् बुद्ध की एक सुंदर तसवीर लगी थी। प्रमुख मठवासी ने

विभिन्न आयु वर्ग के लगभग 100 मठवासियों को वहाँ एकत्रित कर लिया। हम उनके बीच बैठ गए। इसके बाद उन्होंने एक छोटा सा प्रवचन दिया, जिसे मैं आपके साथ साझा करना चाहता हूँ। वे बोले, "आज के विश्व में हमारे सामने अविश्वास और अप्रसन्नता की समस्या है, जो हिंसा में बदल जाती है। लेकिन इस मठ में हमारा मानना है कि जब आप अपने मन से 'मैं' और 'मेरा' को निकाल फेंकेंगे तो आप अहंकार से मुक्त हो जाएँगे—और एक बार आपके अहंकार से मुक्त हो जाने के बाद दूसरे मानवों के प्रति घृणा मिट जाएगी—और एक बार घृणा के मस्तिष्क से चले जाने के बाद आपकी सोच और कर्मों से हिंसा अपने आप ही गायब हो जाएगी; और हमारे मस्तिष्क से हिंसा का भाव निकल जाने के बाद मानव मन में शांति का वास हो जाता है।"

मैंने एक शांतिपूर्ण जीवन के लिए इस सुंदर संतुलन के अर्थ को पहचाना। लेकिन किसी भी व्यक्ति के लिए 'मैं' और 'मेरा' की भावना को निकाल फेंकना बेहद कठिन है। इसके लिए आवश्यकता है—कम उम्र से ही शिक्षा और मूल्यों को विकसित करने की।

मैंने एक शांतिपूर्ण जीवन के लिए इस सुंदर संतुलन के अर्थ को पहचाना। लेकिन किसी भी व्यक्ति के लिए 'मैं' और 'मेरा' की भावना को निकाल फेंकना बेहद कठिन है। इसके लिए आवश्यकता है—कम उम्र से ही शिक्षा और मूल्यों को विकसित करने की।

एक शांतिपूर्ण और समृद्ध समाज बनाने की अपनी कोशिशों में मुझे एक और स्थान पर एक अन्य उत्तर मिला। मैंने बुल्गारिया में एक प्राचीन ईसाई मठ का दौरा किया, जहाँ मुझे अत्यधिक अनुभवी मठवासियों के साथ चर्चा करने का अवसर मिला। मैंने उन्हें तवांग की सीख के बारे में बताया। वहाँ के मठवासी भी इस बात से सहमत थे और उन्होंने इसमें यह भी जोड़ा कि क्षमा एक अच्छे जीवन की नींव है।

इसी प्रकार, मुझे स्वामी विवेकानंद—भारत के एक प्रमुख संन्यासी, जो आध्यात्मिकता और जीवन के व्यावहारिक पहलुओं के प्रेरणादायक संदेशों के साथ पूर्वी व पश्चिमी दोनों ही समाजों के दर्शकों को मंत्रमुग्ध कर सकते

थे—के जन्म-स्थान पर एक बेहद यादगार अनुभव प्राप्त हुआ। मैंने उनके शिष्यों को तवांग के अपने अनुभव के बारे में बताया और उन्होंने भी इस बात को माना कि यह वास्तव में सुंदर है। इसके अलावा, उन्होंने यह भी जोड़ा कि हमेशा देने की आदत विकसित करने से शांति और खुशी बढ़ेगी।

अजमेर शरीफ के अपने दौरे के दौरान मैंने शुक्रवार की नमाज में भाग लिया। वहाँ सूफी विशेषज्ञ ने मुझे बताया कि सर्वशक्तिमान की रचना मनुष्य को एक और शक्तिशाली रचना शैतान के जरिए चुनौती दी गई है। अच्छी सोच केवल अच्छे कर्मों से ही बनती है। अच्छी सोच के परिणामस्वरूप प्रेम फैलता है, जैसा कि सर्वशक्तिमान का आदेश था।

इन तमाम और अन्य आध्यात्मिक विचारकों का संदेश यह है कि ऐसे कई विचार और आध्यात्मिक चिंतन हैं, जो धर्म, भूगोल और समय से आगे बढ़कर हैं। यदि हम सिर्फ धर्मों एवं राष्ट्रों के बीच आध्यामिकता का पुल बाँधने में सफल हो जाएँ तो संपन्नता और विपन्नता के बीच के फर्क, अभाव के कारण बढ़ रही अशांति, जो चरमपंथ की ओर ले जा रही है, अतीत की शत्रुता एवं लड़ाइयों के अवशेष और शांति व समृद्धि के रास्ते में आनेवाली रुकावटों जैसी कई समस्याओं से पार पा सकते हैं। मुझे इस बात का पूरा यकीन है कि समूचे विश्व के युवा सुरक्षित विश्व की इस थीम पर काम करेंगे।

अजमेर शरीफ के अपने दौरे के दौरान मैंने शुक्रवार की नमाज में भाग लिया। वहाँ सूफी विशेषज्ञ ने मुझे बताया कि सर्वशक्तिमान की रचना मनुष्य को एक और शक्तिशाली रचना शैतान के जरिए चुनौती दी गई है। अच्छी सोच केवल अच्छे कर्मों से ही बनती है।

28 सितंबर, 2011 को मैंने हार्वर्ड विश्वविद्यालय और एम.आई.टी. के छात्रों के एक संयुक्त समूह को 'लीडरशिप, यूथ और ग्लोबल एंगेजमेंट' के विषय पर संबोधित किया। अमेरिका सहित कई अन्य महाद्वीपों से आए 500 से अधिक छात्रों ने मेरे उस व्याख्यान में भाग लिया। व्याख्यान के बाद छात्रों ने नौ समूह बनाए और प्रश्नों के नौ सेट तैयार किए। उन नौ सेटों में

से तीन सवाल अमेरिकी टीमों से आए, दो सवाल एशियाई टीमों से और कुछ सामान्य सवाल थे। अमेरिकी टीम ने मुझसे पूछा, "जब आपके देश को अपने सभी नागरिकों के लिए शिक्षा एवं स्वास्थ्य जैसी मूलभूत सुविधाओं की आवश्यकता है तो फिर आप भारत में मिसाइल और परमाणु बम क्यों तैयार करते हैं?" उस सवाल के प्रति मेरा जवाब था, "अगर आप 5,000 वर्षों के भारतीय इतिहास को पढ़ें तो यह स्पष्ट रूप से देखा जा सकता है कि भारत पर भारतीयों का शासन सिर्फ 600 साल ही रहा है। शेष अवधि में हमारे ऊपर आक्रमण किया गया और विभिन्न देशों के कई शासकों ने हम पर शासन किया। अंग्रेज ऐसे शासकों की अंतिम कड़ी थे, जिन्होंने भारत पर 300 से कुछ अधिक वर्षों तक राज किया। हमने 90 साल के संघर्ष के बाद अपनी स्वतंत्रता हासिल की। इसलिए इतिहास ने हमें सिखाया है कि हमारे पास पर्याप्त रूप से सुसज्जित न्यूनतम बलों की एक न्यूनतम शक्ति जरूर होनी चाहिए, ताकि भारत कड़ी मेहनत से प्राप्त की गई इस स्वतंत्रता को बनाए रख सके और समृद्धि व शांति की दिशा में आगे बढ़ सके। जब हमारे चारों तरफ परमाणु हथियारों से सुसज्जित देश मौजूद हों तो हमारे पास न्यूनतम बल बनाए रखने के अलावा और कोई चारा नहीं बचता है। यह नीति समान भौगोलिक स्थिति वाले सभी देशों पर लागू होती है। हालाँकि हमारी नीति 'नो फर्स्ट यूज' की है। निस्संदेह, भारत अपनी जी.डी.पी. का 3 प्रतिशत से भी कम शिक्षा के क्षेत्र पर खर्च करता है। भारत को अपनी कठिन संप्रभुता को बनाए रखना चाहिए और मजबूती के इस वातावरण में काम करना चाहिए,

अगर आप 5,000 वर्षों के भारतीय इतिहास को पढ़ें तो यह स्पष्ट रूप से देखा जा सकता है कि भारत पर भारतीयों का शासन सिर्फ 600 साल ही रहा है। शेष अवधि में हमारे ऊपर आक्रमण किया गया और विभिन्न देशों के कई शासकों ने हम पर शासन किया। अंग्रेज ऐसे शासकों की अंतिम कड़ी थे, जिन्होंने भारत पर 300 से कुछ अधिक वर्षों तक राज किया।

जैसा कि इस क्षेत्र के कई अन्य देशों के लिए सच है।"

अगला सवाल एशियाई टीम की तरफ से आया, जिसका नेतृत्व एक पाकिस्तानी छात्रा कर रही थी। उसने मुझसे पूछा, "डॉ. कलाम, क्या आप मुझे बता सकते हैं कि क्या वर्तमान में या भविष्य में कभी भी भारत और पाकिस्तान एक साथ मिलकर अपने नागरिकों की शांति व समृद्धि के लिए काम कर सकते हैं?" मैंने इस सवाल के जवाब में कहा, "आखिरकार, हम दोनों एक ही रूप हैं। हमने यूरोपीय देशों को सैकड़ों वर्षों से एक-दूसरे से लड़ते देखा है और उन्होंने दुनिया को दो विश्व युद्धों में भी झोंका है। लेकिन आज, यूरोप के 27 देशों ने मिलकर एक यूरोपीय संघ का गठन किया है और उनकी 800 सदस्यों वाली एक संसद् है, जिसका मिशन महाद्वीप में समृद्धि और शांति को बढ़ावा देना है। मुझे इस बात का पूरा भरोसा है कि एक दिन ऐसा एशिया में भी जरूर होगा और आनेवाले कुछ दशकों के समय में यह भी संभव है कि भारत और पाकिस्तान मिलकर दोनों देशों की शांति व समृद्धि के लिए मिलकर काम कर सकते हैं। यहाँ तक कि दक्षेस राष्ट्र भी मिलकर दक्षिण एशिया में यूरोपीय संघ जैसे एक शानदार क्षेत्र में बदल सकते हैं।"

आखिरकार, हम दोनों एक ही रूप हैं। हमने यूरोपीय देशों को सैकड़ों वर्षों से एक-दूसरे से लड़ते देखा है और उन्होंने दुनिया को दो विश्व युद्धों में भी झोंका है। लेकिन आज, यूरोप के 27 देशों ने मिलकर एक यूरोपीय संघ का गठन किया है और उनकी 800 सदस्यों वाली एक संसद् है, जिसका मिशन महाद्वीप में समृद्धि और शांति को बढ़ावा देना है।

तीसरा सवाल एम.आई.टी. के एक छात्र ने पूछा, "डॉ. कलाम, कृपया मुझे बताइए कि अगले बीस वर्षों में आप किस प्रकार के प्रौद्योगिकीय परिवर्तनों के होने की उम्मीद कर रहे हैं?" मैंने स्वीकारा कि यह एक बहुत अच्छा सवाल है और कहा, "वर्ष 2030 तक भविष्य की प्रौद्योगिकी को लेकर मेरा मानस-दर्शन विज्ञान और प्रौद्योगिकियों के अभिसरण का है। इसका

अर्थ है कि समाज की भलाई के लिए जैव-विज्ञान, नैनो-विज्ञान, सूचना-विज्ञान और पर्यावरण-विज्ञान नई प्रौद्योगिकियों का अभिसरण, विनिमय और निर्माण करेंगे।"

निकट भविष्य में पहले से कहीं अधिक दयालु नेतृत्व की आवश्यकता होगी। अब मैं आपको 'एवरीडे ग्रेटनेस' नामक एक पुस्तक के बारे में बताता हूँ। यहाँ मेक्सिको में घटित हुआ एक अनुभव है। मेक्सिको की ला मेसा जेल में दंगा फैला हुआ था। 2,500 कैदियों को एक ऐसे परिसर में ठूँस दिया गया था, जिसकी क्षमता सिर्फ 600 लोगों की थी। उन्होंने गुस्से में पुलिस पर टूटी हुई बोतलें फेंकीं और पुलिस ने बदले में उन पर मशीनगन से गोलियाँ चलाईं। तभी एक चौंकानेवाला नजारा सामने आया। पाँच फीट दो इंच की छोटे कद वाली एक तिरसठ वर्षीया महिला अपने हाथों को फैलाकर शांति के साथ उस भीड़ में घुस गईं, जिसे शांति का एक इशारा माना जाता है। गोलियों की बौछार को नजरअंदाज करते हुए वे चुपचाप खड़ी रहीं और सबसे शांत होने की अपील करती रहीं। अविश्वसनीय रूप से सब शांत हो गए। इस पूरे विश्व में और कोई नहीं, सिर्फ सिस्टर एंटोनिया ही ऐसा कर सकती थीं। आखिर लोगों ने उनकी बात क्यों सुनी? दशकों तक कैदियों की उनकी सेवा के चलते। उन्होंने अपना सारा जीवन उन कैदियों के लिए कुरबान कर दिया था, जो हत्यारों, चोरों एवं नशीले पदार्थों के तस्करों के बीच रहते थे और जिन्हें वे 'अपने बेटे' कहकर बुलाती थीं। उन्होंने दिन-रात उनकी जरूरतों का ध्यान रखा। उनके लिए दवाओं की व्यवस्था की, नजर के चश्मे बाँटे, दफनाने के लिए

निकट भविष्य में पहले से कहीं अधिक दयालु नेतृत्व की आवश्यकता होगी। अब मैं आपको 'एवरीडे ग्रेटनेस' नामक एक पुस्तक के बारे में बताता हूँ। यहाँ मेक्सिको में घटित हुआ एक अनुभव है। मेक्सिको की ला मेसा जेल में दंगा फैला हुआ था। 2,500 कैदियों को एक ऐसे परिसर में ठूँस दिया गया था, जिसकी क्षमता सिर्फ 600 लोगों की थी।

शवों को धोया और आत्महत्या करने का विचार करनेवालों को समझाया-बुझाया। प्रेम और करुणा से भरे इस निस्स्वार्थ भाव ने कैदियों के बीच उनके प्रति सम्मान का भाव पैदा किया और इसी के चलते वे उन्हें नियंत्रित कर पाईं तथा उनसे वह करने की गुजारिश की, जो वे उनसे करवाना चाहती थीं। मानवता के लिए कितना महान् संदेश! यहाँ तक कि कैदियों के लिए भी दया-भाव के साथ काम करनेवाले लोग मौजूद हैं; लेकिन हमें दुनिया के ऐसे करोड़ों लोगों के लिए भी ऐसे ही नायकों की आवश्यकता है।

मैं आपके साथ एक ऐसी घटना को साझा करना चाहता हूँ, जिसका साक्षी मैं तब बना था, जब मैं दस साल का एक बच्चा था। मैं अपने घर पर समय-समय पर तीन विभिन्न अद्वितीय हस्तियों को मिलते हुए देखता था।

मैं आपके साथ एक ऐसी घटना को साझा करना चाहता हूँ, जिसका साक्षी मैं तब बना था, जब मैं दस साल का एक बच्चा था। मैं अपने घर पर समय-समय पर तीन विभिन्न अद्वितीय हस्तियों को मिलते हुए देखता था।

प्रसिद्ध रामेश्वरम मंदिर के प्रमुख पुजारी और वैदिक विद्वान् पक्षी लक्ष्मण शास्त्री, रामेश्वरम द्वीप में पहला गिरजाघर निर्मित करनेवाले रेव फादर बोडल और मेरे पिता, जो एक मसजिद में इमाम थे। वे तीनों एक साथ बैठते थे और द्वीप की समस्याओं पर चर्चा करते हुए उनका समाधान तलाशते थे। इसके अलावा, उन्होंने समुदायों के बीच सहानुभूतिपूर्वक संवाद भी प्रारंभ करवाया। उनके ये प्रयास पूरे द्वीप में चुपचाप फूलों की खुशबू की तरह फैल गए। मैं जब भी विभिन्न धर्मों के बीच संवाद के महत्त्व पर चर्चा करता हूँ तो उन तीनों व्यक्तियों की मुलाकात की याद हमेशा मेरे मन में आती है। भारत को हजारों सालों से मनों के इस मिलने का लाभ मिलता आया है। अब पूरी दुनिया में संस्कृतियों, धर्मों और सभ्यताओं के बीच एक स्पष्ट संवाद की आवश्यकता पहले से कहीं अधिक महसूस की जा रही है।

कुछ ऐसी घटनाएँ होती हैं, जिनके परिणामस्वरूप पूरी दुनिया एक साथ

आ जाती है। हमने देखा है कि कैसे रूस द्वारा 'स्पुतनिक' का प्रक्षेपण या फिर नील आर्मस्ट्रांग द्वारा चाँद की सतह पर कदम रखने की घटना ने पूरी दुनिया के युवाओं को उत्तेजना से भर दिया था। जब भारतीय मूल की एक अंतरिक्ष यात्री एक प्रमुख अंतरिक्ष मिशन के बाद अपने सहयोगियों के साथ वापस पृथ्वी पर लौट रही थी तो पूरी दुनिया उनकी सुरक्षित वापसी के लिए प्रार्थना कर रही थी। कॉमनवेल्थ में क्रिकेट को उत्सुकतापूर्वक देखा जाता है, जबकि फुटबॉल की एक यूरोपीय प्रेरणा है और ये दोनों ही खेल सीमाओं के पार जबरदस्त प्रतिस्पर्धा व प्रशंसा का प्रतिनिधित्व करते हैं। बिल्कुल इसी प्रकार, मैं ऐसे भी कई उदाहरणों का साक्षी बना हूँ कि कैसे कला और संगीत ने युवाओं के मस्तिष्क को आपस में जोड़ा है।

कुछ साल पहले, जब मैं रूस के राष्ट्रपति श्री व्लादिमीर पुतिन से मिला तो हम एक ऐसा यूथ सैटेलाइट बनाने पर सहमत हुए, जहाँ विभिन्न देशों के युवा एक साथ काम कर सकते हैं। एक प्रकार से मिलकर काम करने से समझ बढ़ेगी, जिसके परिणामस्वरूप वे नए रास्ते तलाशने को मजबूर होंगे और वैश्विक स्तर पर युवाओं के बीच सहयोग की भावना प्रबल होगी।

कुछ साल पहले, जब मैं रूस के राष्ट्रपति श्री व्लादिमीर पुतिन से मिला तो हम एक ऐसा यूथ सैटेलाइट बनाने पर सहमत हुए, जहाँ विभिन्न देशों के युवा एक साथ काम कर सकते हैं। एक प्रकार से मिलकर काम करने से समझ बढ़ेगी, जिसके परिणामस्वरूप वे नए रास्ते तलाशने को मजबूर होंगे और वैश्विक स्तर पर युवाओं के बीच सहयोग की भावना प्रबल होगी। कई देशों के संयुक्त उद्यम के रूप में यूथ सैटेलाइट का विचार पैदा हुआ। मुझे इस बात की बहुत खुशी है कि भारत और रूस की अंतरिक्ष एजेंसियों ने इस दिशा में सकारात्मक प्रयास किए और 20 अप्रैल, 2011 को आंध्र प्रदेश में श्रीहरिकोटा से पहले यूथ सैटेलाइट को लॉञ्च किया गया। मैंने उस समय इसरो (ISRO) की टीम को यूथ

सैटेलाइट्स की इस शृंखला को जारी रखने का सुझाव दिया था, ताकि वे इसका सहयोगी परियोजनाओं को विकसित करने के लिए एक मंच के रूप में भी उपयोग कर सकें, जो इसके वैज्ञानिक व तकनीकी विकास और इसके अनुप्रयोगों के लिए जरूरी हैं और इन सबसे ऊपर, ये मस्तिष्कों को साथ आने के रास्ते खोलेंगे।

पृथ्वी प्राकृतिक और मानव-निर्मित—दोनों ही प्रकार के कई संघर्षों का सामना कर रही है। एक युवा के रूप में संघर्षों के तमाम कारणों को दूर करते हुए सार्वभौमिक सद्भाव के लिए काम करना आप सबकी जिम्मेदारी है। क्या आप ऐसा करने के लिए तैयार हैं?

प्यारे साथियो, यदि मुझसे यह पूछें कि पिछले तिरासी वर्षों में मेरा जीवन कैसे आगे बढ़ा है, तो मैं आप सबको एक और संदेश देना चाहता हूँ। संदेश कुछ इस प्रकार है—सत्रह वर्ष की उम्र का होने पर मेरा एक बहुत महान् साथी था। वह साथी और कोई नहीं, बल्कि अच्छी पुस्तकें थीं। पुस्तकों ने जीवन भर मुझे समृद्ध किया। मैं आप सबको निम्नलिखित पुस्तकें पढ़ने की सलाह और सुझाव दूँगा—

- *लिलियन आयशलर की 'लाइट्स फ्रॉम मेनी लैंप्स'*
- *डेनिस वेटली की 'एंपायर्स ऑफ द माइंड्स'*
- *तिरुवल्लुवर की 'तिरुक्कुरल'*
- *स्टीवन आर. कोवे की 'एवरीडे ग्रेटनेस'*
- *महात्मा गांधी की 'द स्टोरी ऑफ माई एक्सपेरीमेंट्स विद ट्रुथ'*

पृथ्वी प्राकृतिक और मानव-निर्मित—दोनों ही प्रकार के कई संघर्षों का सामना कर रही है। एक युवा के रूप में संघर्षों के तमाम कारणों को दूर करते हुए सार्वभौमिक सद्भाव के लिए काम करना आप सबकी जिम्मेदारी है। क्या आप ऐसा करने के लिए तैयार हैं?

काम का एक अन्य महत्त्वपूर्ण क्षेत्र है—स्वच्छ हरित ऊर्जा और एक स्वच्छ पृथ्वी ग्रह की दिशा में आगे बढ़ना। इसका सीधा मतलब यह हुआ

कि ये 7 अरब लोगों को एक अच्छा जीवन प्रदान करने के मिशन से बेहद नजदीकी से संबंधित हैं। अगर आप सब इस एक इकलौते लक्ष्य की दिशा में काम करते हैं तो पृथ्वी जीवाश्म ईंधन से पूर्णतः मुक्त हो जाएगी। हम पर्यावरण पर हानिकारक प्रभाव डालनेवाले महँगे ईंधन से दूर जाने में सफल होंगे और सौर ऊर्जा, परमाणु ऊर्जा एवं जैव ईंधन का उपयोग करके स्वच्छ ऊर्जा को अपनाएँगे।

निश्चित रूप से, यह मिशन युवाओं की अभिनव क्षमता को एक चुनौती भी देता है। मुझे इस बात का पूरा विश्वास है कि हमारे युवा आगे आकर इस चुनौती का सामना करेंगे। इस दिशा में काम आज से ही शुरू हो जाता है। क्या आप हार न माननेवाली भावना के साथ इस चुनौती का सामना करने को तैयार हैं?

हाँ, मेरे प्यारे साथियो, युवाओं की शक्ति निश्चित ही एक बदलाव लाने में सफल होगी—एक ऐसा बदलाव, जो देश और दुनिया दोनों में समृद्धि लानेवाला साबित होगा।

(26 जून, 2015 को कोलंबो के बी.एम.आई.सी.एच. में छात्रों को संबोधित करते हुए।)

□

ज्ञान की जीवनपर्यंत तलाश

शिक्षक छात्रों को सिर्फ शिक्षा देकर ही नहीं,
बल्कि मानवीय मूल्यों का एक व्यावहारिक सबक देकर भी प्रभावित कर सकते हैं, विशेषकर ज्ञान को निस्स्वार्थ भाव से बाँटकर।

प्रिय साथियो, मैं आपके सामने 18 दिसंबर, 2014 को घटित हुई एक शानदार घटना का जिक्र करना चाहता हूँ। भारतीय अंतरिक्ष अनुसंधान संस्थान (ISRO) के जी.एस.एल.वी. मार्क-III ने समय पर एक अपेक्षित पथ पर यात्रा करके अपना परीक्षण मिशन सफलतापूर्वक पूरा किया। इसने दुनिया के सामने इस बात की घोषणा की कि भारत अब जल्द ही अपने अंतरिक्ष यात्रियों को अंतरिक्ष में भेजने के सपने को साकार कर सकेगा। यह एक प्रायोगिक लॉन्च था और एक पूर्ण विकसित लॉन्च के दो वर्षों के भीतर होने की संभावना है। इस मिशन का प्रमुख उद्देश्य था—रॉकेट की वायुमंडलीय विशेषताओं और स्थिरता का परीक्षण करना। 630 टन का रॉकेट 126 किलोमीटर तक चला गया और फिर 4 टन का एक क्रू कैप्सूल, जिसमें चार लोगों के बैठने की पर्याप्त जगह मौजूद थी, उससे अलग हुआ। छोड़े जाने के 20 मिनट के भीतर ही बंगाल की खाड़ी में, पोर्ट ब्लेयर से 600 कि.मी. और स्पेस स्टेशन से 1,600 कि.मी. दूर, सफलता से लैंड हुआ। जैसाकि तय किया गया था, तीन पैराशूटों ने क्रू मॉड्यूल को नियंत्रित किया।

सिस्टम ने बिल्कुल निर्धारित समयानुसार काम पूरा किया। लॉन्च के बाद हीट शील्ड अलग हो गई। क्रू मॉड्यूल एटमॉस्फियरिक री-एंट्री एक्सपेरीमेंट (CARE) मॉड्यूल लॉन्च वाहन से अलग हो गया। इसके बाद मॉड्यूल सक्रिय नियंत्रण में काम करने लगा। वायुमंडलीय मंदन प्रवस्था तय कार्यक्रम के अनुसार काम करने लगी। मंदन की प्रक्रिया बिल्कुल ठीक समय पर शुरू हुई और एपेक्स कवर बिल्कुल समय पर अलग हो गया। पायलट शूट उत्प्रेक्षण प्रारंभ हुआ और ड्रॉग शूट का स्थापित

होना शुरू हो गया। इसके बाद प्रमुख पैराशूट को तैनात करने की उपांतिम क्रिया सक्रिय हो गई और फिर आखिरकार केयर (CARE) मॉड्यूल 20 मिनट का अपना जीवन–चक्र पूर्ण करके अंडमान के समुद्र में समा गया।

जी.एस.एल.वी. मार्क–III ने आनेवाले समय में इसरो को सौर ऊर्जा उपग्रह और मानव मिशन जैसे महत्त्वपूर्ण सामाजिक अनुप्रयोगों के लिए बड़े उपग्रह लॉन्च करने के लिए आत्मनिर्भर बनाया। इसकी भी संभावना है कि एक दिन आप में से कुछ इसरो के चंद्रमा मिशन या मंगल मिशन के लिए अंतरिक्ष यात्री बन सकते हैं। इसरो में काम करनेवाले मेरे मित्रों का कहना है कि इस मिशन की सफलता के पीछे इस कार्यक्रम में भाग लेनेवाले युवाओं के रचनात्मक और वैज्ञानिक दिमाग हैं। मैंने यह जानकारी आपके साथ साझा करने के बारे में इसलिए सोचा, क्योंकि मुझे यकीन है कि यह युवाओं को विज्ञान की खोज की दिशा में आगे बढ़ने के लिए प्रेरित करेगा।

विज्ञान या किसी भी अन्य विषय का अध्ययन करने की इच्छा उन लोगों से मिल सकती है, जिनसे आप युवा रूप में मिलते हैं।

अपने बचपन के दिनों के बारे में सोचते हुए मुझे श्री शिव सुब्रमण्यम अय्यर की याद आती है, जिन्होंने मुझे पाँचवीं कक्षा में शिक्षा दी थी, जब मैं सिर्फ दस वर्ष का था। मेरे शिक्षक जब भी कक्षा में प्रवेश करते थे, हम सब उन्हें ज्ञान का उत्सर्जन करनेवाले एक शिक्षक के रूप में देखते थे। वे हमारे विद्यालय के एक शानदार शिक्षक थे।

अपने बचपन के दिनों के बारे में सोचते हुए मुझे श्री शिव सुब्रमण्यम अय्यर की याद आती है, जिन्होंने मुझे पाँचवीं कक्षा में शिक्षा दी थी, जब मैं सिर्फ दस वर्ष का था। मेरे शिक्षक जब भी कक्षा में प्रवेश करते थे, हम सब उन्हें ज्ञान का उत्सर्जन करनेवाले एक शिक्षक के रूप में देखते थे। वे हमारे विद्यालय के एक शानदार शिक्षक थे। हम सब उनकी कक्षा में मौजूद रहना

और उन्हें सुनना पसंद करते थे। एक दिन वे हमें चिड़िया की उड़ान के बारे में पढ़ा रहे थे। उन्होंने ब्लैकबोर्ड पर पंख, पूँछ और सिर के साथ शरीर की संरचना का चित्रण करते हुए एक पक्षी का चित्र बनाया। उन्होंने बताया कि कैसे पक्षी ऊपर की ओर उठते हैं और उड़ते हैं। उन्होंने हमें यह भी समझाया कि वे उड़ते समय दिशा कैसे बदलते हैं। उन्होंने हमें करीब 25 मिनट तक उठने, घसीटने और पक्षी कैसे एक विन्यास में उड़ते हैं, इस ढेर सारी जानकारी के साथ समझाया। कक्षा के अंत में वे जानना चाहते थे कि क्या हम यह समझने में कामयाब रहे हैं कि पक्षी कैसे उड़ते हैं? मैंने कहा कि मेरी समझ में नहीं आया। मेरे ऐसा कहने के बाद शिक्षक ने अन्य छात्रों से पूछा कि क्या उन्हें समझ में आया या नहीं? कई अन्य छात्रों ने भी कहा कि वे भी नहीं समझ पाए। वे हमारी प्रतिक्रिया सुनकर परेशान नहीं हुए, क्योंकि वे एक प्रतिबद्ध शिक्षक थे।

श्री अय्यर ने कहा कि वे हम सबको समुद्र के किनारे ले जाएँगे—और उस शाम पूरी क्लास रामेश्वरम के समुद्री तट पर थी। हमने उस सुहानी शाम रेतीली पहाड़ियों से टकराती समुद्री लहरों का भरपूर आनंद लिया। पक्षी अपनी मीठी चहकती हुई आवाज के साथ उड़ते हुए देखे जा सकते थे।

श्री अय्यर ने कहा कि वे हम सबको समुद्र के किनारे ले जाएँगे—और उस शाम पूरी क्लास रामेश्वरम के समुद्री तट पर थी। हमने उस सुहानी शाम रेतीली पहाड़ियों से टकराती समुद्री लहरों का भरपूर आनंद लिया। पक्षी अपनी मीठी चहकती हुई आवाज के साथ उड़ते हुए देखे जा सकते थे। उन्होंने हमें दस और बीस के झुंडों में समुद्री चिड़ियाँ दिखाईं। हमने चिड़ियों के शानदार विन्यास को देखा और हैरानी से भर गए। उन्होंने हमें चिड़ियाँ दिखाईं और कहा कि हम इस पर ध्यान दें कि जब वे उड़ती हैं तो उस समय कैसा दिखाई देता है? हमने चिड़ियों को पंख फड़फड़ाते हुए देखा। उन्होंने हमें फड़फड़ाते हुए पंखों और मुड़ती हुई पूँछ

को देखने के साथ उसके पिछले हिस्से को ध्यान से देखने को कहा। हमने उस नजारे को काफी ध्यान से देखा और पाया कि उस स्थिति में चिड़ियाँ जिस दिशा में चाहती थीं, उस दिशा में उड़ सकती थीं। इसके बाद उन्होंने हमसे एक सवाल पूछा, "चिड़िया का इंजन कहाँ है और उसे ऊर्जा कहाँ से मिलती है?" उन्होंने हमें यह समझाया कि चिड़िया अपने स्वयं के जीवन से और जो वह चाहती है, उसकी प्रेरणा से चलायमान होती है। उन्होंने सिर्फ 15 मिनट के समय में हमें ये सब बातें समझा दीं। हम इस वास्तविक उदाहरण की मदद से पूरी कार्य-प्रणाली को समझने में सफल रहे। आपके शिक्षक एक शानदार शिक्षक हो सकते हैं; वह आपको प्रकृति में मौजूद जीवंत वास्तविक उदाहरणों के साथ सैद्धांतिक सबक भी दे सकते हैं। यही वास्तव में शिक्षा देना है।

> ***मेरे लिए ये सिर्फ यह समझना भर नहीं था कि चिड़िया उड़ती कैसे है। उसी शाम से मैंने तय कर लिया कि मेरी भविष्य की पढ़ाई उड़ान और उड़ान प्रणालियों से संबंधित ही होगी। मैं ऐसा इसलिए कह रहा हूँ, क्योंकि मेरे शिक्षक का शिक्षण और मैंने अपनी आँखों से प्रत्यक्ष रूप से जो देखा, उसने मेरा भविष्य निर्धारित कर दिया।***

मेरे लिए ये सिर्फ यह समझना भर नहीं था कि चिड़िया उड़ती कैसे है। उसी शाम से मैंने तय कर लिया कि मेरी भविष्य की पढ़ाई उड़ान और उड़ान प्रणालियों से संबंधित ही होगी। मैं ऐसा इसलिए कह रहा हूँ, क्योंकि मेरे शिक्षक का शिक्षण और मैंने अपनी आँखों से प्रत्यक्ष रूप से जो देखा, उसने मेरा भविष्य निर्धारित कर दिया। इसके बाद एक शाम कक्षा समाप्त होने के बाद मैंने अपने शिक्षक से पूछा, "गुरुजी, कृपया मुझे बताएँ कि मैं उड़ान के बारे में और कुछ सीखने की दिशा में अपने कदम आगे कैसे बढ़ा सकता हूँ?" उन्होंने बड़े धैर्य के साथ मुझे समझाया कि पहले मुझे अपनी कक्षा आठ की पढ़ाई पूरी करनी चाहिए, फिर दसवीं में जाना चाहिए और उसके बाद इंजीनियरिंग कॉलेज, जहाँ पर मैं

उड़ान के बारे में विस्तार से सीख सकूँगा। अगर मैं बेहद अच्छे अंकों के साथ अपनी शिक्षा पूर्ण करने में सफल रहा तो इस बात की अच्छी संभावना है कि मैं उड़ान विज्ञान से संबंधित कुछ कर सकूँ। मेरे शिक्षक द्वारा दी गई यह सलाह और चिड़ियों की उड़ान से संबंधित उनके ज्ञान ने वास्तव में मुझे एक लक्ष्य और जीवन के लिए एक मिशन प्रदान किया। कॉलेज में पहुँचने के बाद मैंने भौतिकी को चुना। जब मैं मद्रास इंस्टीट्यूट ऑफ टेक्नोलॉजी में इंजीनियरिंग की पढ़ाई करने गया तो मैंने एरोनॉटिकल इंजीनियरिंग को चुना।

इस प्रकार, मेरा जीवन एक रॉकेट इंजीनियर, एयरोस्पेस इंजीनियर और प्रौद्योगिकीविद् में बदल गया। मेरे शिक्षक द्वारा एक जीवंत उदाहरण के साथ पढ़ानेवाला वह एक क्षण मेरे जीवन में एक बेहद महत्त्वपूर्ण मोड़ साबित हुआ, जिसने आखिरकार मेरे व्यवसाय को निर्धारित किया और मुझे उड़ने में सक्षम बनाया।

इस प्रकार, मेरा जीवन एक रॉकेट इंजीनियर, एयरोस्पेस इंजीनियर और प्रौद्योगिकीविद् में बदल गया। मेरे शिक्षक द्वारा एक जीवंत उदाहरण के साथ पढ़ानेवाला वह एक क्षण मेरे जीवन में एक बेहद महत्त्वपूर्ण मोड़ साबित हुआ, जिसने आखिरकार मेरे व्यवसाय को निर्धारित किया और मुझे उड़ने में सक्षम बनाया।

एक और शानदार शिक्षक, जो आज की तारीख में एक जीती-जागती किंवदंती हैं, वे हैं प्रो. चिन्नादुरई। उन्होंने मुझे भौतिकी पढ़ाई, विशेष रूप से न्यूक्लियर फिजिक्स। प्रोफेसर का विषय पढ़ाने का तरीका इतना रोचक था कि कई छात्रों को यह विषय बहुत पसंद आने लगा। पढ़ाने के दौरान वे हमेशा संदर्भ लेख और अच्छी संदर्भ पुस्तकें प्रदान करते थे, छात्र जिनका संदर्भ लेकर पढ़ सकते थे। उन्होंने यह भी सुनिश्चित किया कि व्याख्यान के दौरान हम सबको पढ़ने के लिए भौतिकी की अच्छी पाठ्य-पुस्तकें मिलें और हम सब सिर्फ नोट्स पढ़ने पर ही निर्भर न होकर रहें।

इसने सीखने की सीमा को और अधिक बढ़ा दिया। प्रो. चिन्नादुरई अभी भी डिंडुगल में रहते हैं और मैं जब भी उस क्षेत्र में होता हूँ तो उनसे मिलता और उनका अभिवादन जरूर करता हूँ। उनका पढ़ाने का तरीका एक छात्र को एक आजीवन स्वतंत्र विद्यार्थी बनाने में महत्त्वपूर्ण था, जो किसी भी व्यक्ति विशेष और फिर उसके बाद राष्ट्र के निरंतर विकास के लिए आवश्यक है। सबसे अच्छा सीखना तब होता है, जब शिक्षक अपने छात्रों के बीच सीखने की एक रचनात्मक आदत को विकसित कर देता है और इसे ज्ञान की जीवन भर की तलाश का एक सुखद भाग बना देता है। यहाँ तक कि आज भी, जब भी मैं उनसे मिलता हूँ तो, वे ज्ञानोदय की भावना को फैलाते हैं।

क्या आप एक ऐसे वैज्ञानिक के बारे में जानते हैं, जिसने अपना पूरा जीवन नवाचार, रचनात्मकता और वैज्ञानिक अनुसंधान के लिए समर्पित कर दिया है? उनकी सबसे प्रसिद्ध सफलता थी खगोल भौतिकी के क्षेत्र में सिद्धांत—चंद्रशेखर सीमा।

ये उदाहरण दिखाते हैं कि कैसे शिक्षक सिर्फ शिक्षण के जरिए ही नहीं, बल्कि मानवीय मूल्यों के वास्तविक उदाहरणों के जरिए, विशेषकर निस्स्वार्थ भाव से ज्ञान देने की विशेषता के साथ, छात्रों को प्रभावित कर सकते हैं। जीवन में ज्ञान और नीति हासिल करने में मेरी मदद करने के लिए मैं अपने कॉलेज का आभारी हूँ।

क्या आप एक ऐसे वैज्ञानिक के बारे में जानते हैं, जिसने अपना पूरा जीवन नवाचार, रचनात्मकता और वैज्ञानिक अनुसंधान के लिए समर्पित कर दिया है? उनकी सबसे प्रसिद्ध सफलता थी खगोल भौतिकी के क्षेत्र में सिद्धांत—चंद्रशेखर सीमा। चंद्रशेखर सीमा किसी स्थायी श्वेत बौने नक्षत्र के अधिकतम संभावित द्रव्यमान (1.44 सौर द्रव्यमान से अधिक) या समतुल्य रूप से उस न्यूनतम द्रव्यमान का वर्णन करती है, जिसमें एक तारा अंततः पहले एक न्यूट्रॉन तारे या फिर ब्लैक होल में टूट जाएगा और उसके बाद सुपरनोवा में। पहली बार इस सीमा की गणना कैंब्रिज, इंग्लैंड से समुद्री जहाज

के सहारे भारत आ रहे एक वैज्ञानिक ने की थी। जी हाँ, मैं बात कर रहा हूँ सुब्रह्मण्यन चंद्रशेखर की, जिन्होंने अपना पूरा जीवन सिर्फ ब्रह्मांड से संबंधित शोध के लिए ही जिया।

एक महान् महिला वैज्ञानिक भी थीं, जिन्हें रेडियम की खोज के लिए जाना जाता है। उन्होंने सिर्फ एक नहीं, बल्कि दो 'नोबेल पुरस्कार' जीते—एक भौतिकी के लिए और दूसरा रसायन विज्ञान के लिए। वे कौन हैं? वे थीं मैडम क्यूरी। उन्होंने रेडियम की खोज की और वे मानव-प्रणाली पर विकिरण के प्रभाव पर शोध कर रही थीं। उन्होंने जिस विकिरण की खोज की, उसने ही उन्हें अपनी चपेट में ले लिया और उन्होंने मानव जीवन से दर्द को दूर करने में ही अपना जीवन न्योछावर कर दिया।

एक महान् महिला वैज्ञानिक भी थीं, जिन्हें रेडियम की खोज के लिए जाना जाता है। उन्होंने सिर्फ एक नहीं, बल्कि दो 'नोबेल पुरस्कार' जीते—एक भौतिकी के लिए और दूसरा रसायन विज्ञान के लिए। वे कौन हैं? वे थीं मैडम क्यूरी। उन्होंने रेडियम की खोज की और वे मानव-प्रणाली पर विकिरण के प्रभाव पर शोध कर रही थीं।

यहाँ पर मौजूद सभी साथियो, अब मैं आपके साथ एक अच्छे घरेलू माहौल के महत्त्व के बारे में चर्चा करना चाहूँगा। एक सुंदर घर—और भारत में हमारे पास 20 करोड़ घर हैं—चार आयामों से निर्गत होता है। एक आध्यात्मिक घर से आता है, दूसरा माँ की खुशी से आता है, तीसरा घर की पारदर्शिता से आता है और चौथा स्वच्छ व हरे-भरे वातावरण से आता है। चार लक्षणों का यह संयोजन वास्तव में एक खुशहाल घर का निर्माण करता है। आइए, जानते हैं कि हम इसे कैसे पा सकते हैं?

आध्यात्मिक घर

आइए, हम एक छोटे से पारिवारिक घर की कल्पना करते हैं, जिसमें

एक पिता, एक माता, एक बेटा और एक बेटी है। उस घर में माता-पिता—दोनों ही कमाते हैं। मैं उस घर में एक ऐसे छोटे से पुस्तकालय की कल्पना करता हूँ, जिसमें कम-से-कम दस महान् पुस्तकें मौजूद हों और उस घर में माता-पिता नाश्ते के दौरान या फिर रात के खाने के दौरान पुस्तकें पढ़ते हुए अपने बच्चों में पढ़ने की आदत विकसित करते हैं। पूरा परिवार कम-से-कम एक समय के खाने पर इकट्ठा होता है, ताकि वे स्वतंत्र रूप से संवाद और चर्चा करने में सक्षम हो सकें। और जब वे सब खाने की मेज पर एक साथ मौजूद होते हैं तो माता या फिर पिता में से कोई एक घरेलू पुस्तकालय में से एक पुस्तक लेकर आए और नैतिकता व नैतिक मूल्यों वाली एक कहानी सुनाए, और इस दौरान बच्चे चर्चा में भाग लें तथा अपने विचार प्रस्तुत कर सकें। पढ़ने की ऐसी आदतें बच्चों को पुस्तक को विस्तार से पढ़ने के लिए और ऐसी कहानियों से अधिक जानकारी पाने के लिए प्रेरित करती हैं। और इस प्रकार, वे सीखे गए सबकों को अपने दैनिक जीवन में अपनाना प्रारंभ कर देते हैं। ऐसा भी हो सकता है कि कुछ बच्चे स्कूल जाने पर अपने साथियों के साथ इस बारे में चर्चा करें, जिससे एक बड़ा समुदाय लाभान्वित होता है। ऐसा करते हुए युवा मस्तिष्कों में पढ़ने की आदत के बीजों का अंकुरण सफलतापूर्वक किया जा सकता है। इसके साथ ही, मैं एक ऐसे छोटे से प्रार्थना कक्ष की भी कल्पना करता हूँ, जहाँ पूरा परिवार, जिसमें बच्चे भी शामिल हों, प्रत्येक सुबह या शाम को प्रार्थना करें और आशीर्वाद प्राप्त करने के लिए सर्वशक्तिमान को धन्यवाद दें।

पढ़ने की ऐसी आदतें बच्चों को पुस्तक को विस्तार से पढ़ने के लिए और ऐसी कहानियों से अधिक जानकारी पाने के लिए प्रेरित करती हैं। और इस प्रकार, वे सीखे गए सबकों को अपने दैनिक जीवन में अपनाना प्रारंभ कर देते हैं।

परिवार के साथ बिताया गया यह समय वह समय बन जाएगा, जिसमें

बच्चों में ज्ञान और नीति विकसित हो जाएगी। इस प्रकार, बच्चे अपनी जिम्मेदारियों का निर्वहन उत्कृष्टता, समर्पण और आत्मसम्मान की भावना के साथ करेंगे।

माँ की खुशी मिशन

मैं आपको एक ऐसा मिशन देने जा रहा हूँ, जो एक खुशहाल घर की ओर अग्रसर करेगा। क्या आप सब साथी मुझसे यह वादा करेंगे कि आप सब मेरे द्वारा दिए गए सुझावों का पालन करेंगे?

आज से मैं अपनी माँ को खुश रखूँगा,
अगर मेरी माँ खुश है तो मेरा घर खुश है,
अगर मेरा घर खुश है तो समाज खुश होगा,
अगर समाज खुश है तो राज्य खुश होगा,
और अगर राज्य खुश है तो निश्चित ही देश खुश होगा।

आप में से कितने लोग अपनी माताओं को खुश करने के इस महान् मिशन को पूरा करने को तैयार हैं?

एक पारदर्शी घर

जैसाकि मैंने आपको बताया, हम 20 करोड़ परिवारोंवाला एक समाज हैं। एक पारदर्शी समाज निर्मित करने की दिशा में पहला कदम एक पारदर्शी घर से आता है। आज देश में एक पारदर्शी समाज, एक भ्रष्टाचार-मुक्त समाज के विकास की अत्यंत आवश्यकता है। मेरे प्यारे युवा साथियो, मेरे पास देश के युवाओं के लिए एक मिशन है, फिर चाहे वह परिवार का बेटा हो या बेटी। आप में से हर किसी को पता होगा कि भ्रष्टाचार कुछ घरों से ही उत्पन्न होता है। ऐसा अनुमान लगाया जाता है कि 30 प्रतिशत भारतीय घर भ्रष्ट हैं। इसका सीधा सा अर्थ हुआ कि 6 करोड़ घर पारदर्शी नहीं हैं। ऐसी परिस्थिति में, अगर पिता पूरी तरह से पारदर्शी हैं तो बच्चों को उनकी सराहना करनी चाहिए। इसी के साथ, अगर वे पारदर्शी नहीं हैं तो बच्चों को अपने प्रेम व स्नेह का उपयोग

करना चाहिए और ऐसे कृत्यों के लिए मना करने का साहस भी होना चाहिए। मेरा विवेक कहता है कि भ्रष्टाचार के विरुद्ध किसी भी कानून की तुलना में निश्चित रूप से भ्रष्टाचार के खिलाफ युवाओं का यह आंदोलन बेहद प्रभावी साबित होगा। आप में से कितने युवा साथी घर को पारदर्शी बनाने के इतने बड़े मिशन का भागीदार बनने के लिए खुद को आगे लाएँगे?

हरित घर मिशन

आज पृथ्वी पर बड़े स्तर पर जलवायु-परिवर्तन हो रहा है। वनों की कटाई, औद्योगिकीकरण और परिवहन से उत्सर्जित कार्बन डाइ-ऑक्साइड के चलते ओजोन परत में छेद हो गए हैं, जिससे ग्रह का ताप बढ़ गया है। यह बाढ़ और सूखे के प्रमुख कारणों में से एक है। अगर राष्ट्र के युवा ठान लें तो वे निश्चित रूप से इस स्थिति को बदल सकते हैं। प्रत्येक भारतीय यह शपथ ले कि वह अपने जीवनकाल में कम-से-कम एक पेड़ अवश्य लगाएगा और उसकी देखभाल करेगा। एक पूर्णत: विकसित पेड़ 20 किलोग्राम कार्बन डाइ-ऑक्साइड को अवशोषित करता है और 14 किलोग्राम ऑक्सीजन का उत्सर्जन करता है। अगर हम अपने जीवनकाल के दौरान 10 पेड़ लगाते हैं और उनकी देखभाल करते हैं तो हमारे पास 10 अरब से अधिक पेड़ होंगे। वे 10 अरब पेड़ निश्चित रूप से जलवायु-परिवर्तन की समस्या को हल करने में मदद कर सकते हैं। इसलिए, मैं सुझाव दूँगा कि आप में से हर कोई एक पेड़ लगाए और अपने घर तथा आस-पड़ोस को भी साफ रखे। हरित घर

आज पृथ्वी पर बड़े स्तर पर जलवायु-परिवर्तन हो रहा है। वनों की कटाई, औद्योगिकीकरण और परिवहन से उत्सर्जित कार्बन डाइ-ऑक्साइड के चलते ओजोन परत में छेद हो गए हैं, जिससे ग्रह का ताप बढ़ गया है। यह बाढ़ और सूखे के प्रमुख कारणों में से एक है। अगर राष्ट्र के युवा ठान लें तो वे निश्चित रूप से इस स्थिति को बदल सकते हैं।

का मतलब केवल पेड़ लगाना नहीं है, बल्कि घर और पर्यावरण को स्वच्छ रखना है। आपको सड़कों पर किसी भी प्रकार का कूड़ा नहीं फेंकना चाहिए। आपको इस बात की शपथ लेनी चाहिए कि आप न केवल घर को साफ रखेंगे, बल्कि यह भी सुनिश्चित करेंगे कि गली भी साफ हो।

हमारे चारों ओर ऐसे महान् व्यक्तियों के उदाहरण भरे पड़े हैं, जिन्होंने उद्योग, सरकार, सशस्त्र बलों और कला व साहित्य के क्षेत्र में काम किया है। मैं आपसे पूछना चाहता हूँ कि जब आप ऐसी जानी-मानी हस्तियों से प्रेरणा प्राप्त करते हैं तो आप किस चीज को याद रखा जाना पसंद करेंगे? आपको अपने जीवन को विकसित करना और आकार देना है।

(12 जून, 2015 को बेंगलुरु के बाल्डविन इंस्टीट्यूशंस में छात्रों के साथ संवाद और संबोधन करते हुए।)

□

जीवन-यात्रा को प्रबंधित करना

ये आपके जीवन के सर्वश्रेष्ठ दिन हैं,
क्योंकि आप अभी पंख उगाना और उड़ना सीख रहे हैं।

साथियो, वैज्ञानिक और प्रौद्योगिकी समुदाय के लिए भूकंप का पूर्वानुमान लगाना दशकों से एक बड़ी चुनौती बना हुआ है। भूकंप के पूर्वानुमान के क्षेत्र में दुनिया भर में गहन शोध की आवश्यकता है। मैंने आइसलैंड में एक मॉडल देखा है—करीब 1,000 कि.मी. के छोटे से क्षेत्र में विधिमान्य प्रगति। ऐसा सिर्फ एक डेटाबेस को अपनाकर संभव हो सका। अध्ययनों से पता चला कि कैसे स्पंदन के रूप में कंपन धीरे-धीरे निर्मित होते हैं और एक भूकंप के आने से कुछ दिनों और कुछ घंटों पहले तक एक तनाव निर्मित होता है। भूकंप का यह मॉडल करीब तीन दशकों के डेटाबेस को प्रमाणित करता है। भारत के लिए निम्नलिखित आवश्यक हैं—हमें भू-वैज्ञानिकों, भौतिक वैज्ञानिकों, भौतिकीविदों और सुदूर संवेदन उपग्रह विशेषज्ञों, शैल समूह विशेषज्ञों तथा तेल अन्वेषण विशेषज्ञों की एक एकीकृत टीम का गठन करना होगा। आदर्श रूप से, यह 40 वर्ष से कम आयुवाले सदस्यों से सुसज्जित एक युवा टीम होनी चाहिए। इस टीम को दिया जानेवाला मिशन होगा—अगले चौबीस घंटों में आनेवाले भूकंप की भविष्यवाणी करना। पूर्वानुमान के इस समय को निश्चित संभावना से धीरे-धीरे बढ़ाकर दो दिन पहले, सात दिन पहले, चार सप्ताह पहले किया जाना चाहिए। यह नौजवानों के लिए दस वर्षीय एक मिशन हो सकता है। पूर्वानुमान से संबंधित अनुसंधान बहुत लाभदायी होगा और भारत भूकंपों से होनेवाली तबाही से बचने में सफल रहेगा। भूकंप के पूर्वानुमान की यह चुनौती मेरे ब्लॉग www.3billion.org पर डाली हुई है और इसे शानदार प्रतिक्रियाएँ प्राप्त हो रही हैं।

इससे पहले कि आप गहन शोध के मार्ग पर अपने कदम आगे बढ़ाएँ, आपको 'जीवन-यात्रा के प्रबंधन' के बारे में भी समझना होगा।

इस संदर्भ में, मैं आपसे अपने अनुभव के आधार पर जीवन के चार महत्त्वपूर्ण पहलुओं के बारे में बात करूँगा : एक उद्‍देश्य होना, ज्ञान प्राप्त करना, अपने सपने की दिशा में कड़ी मेहनत करना—यहाँ तक कि कठिन दौर में भी—और फिर अंत में, जीवन में मिलनेवाली सफलताओं और असफलताओं का प्रबंधन कैसे करना है।

हर सफल उद्यम और प्रत्येक प्रेरक कॅरियर के पीछे आपको एक ऐसा अनछुआ लक्ष्य मिलेगा, जो अकसर जीवन के प्रारंभिक चरण में ही तय कर लिया गया होता था। जीवन में एक उद्‍देश्य होना हर कार्य को उद्‍देश्य और हर परिणाम के प्रति निर्देशन देता है।

हर सफल उद्यम और प्रत्येक प्रेरक कॅरियर के पीछे आपको एक ऐसा अनछुआ लक्ष्य मिलेगा, जो अकसर जीवन के प्रारंभिक चरण में ही तय कर लिया गया होता था। जीवन में एक उद्‍देश्य होना हर कार्य को उद्‍देश्य और हर परिणाम के प्रति निर्देशन देता है।

अपने पेशेवर जीवन में प्रवेश करने से पहले अपने जीवन में एक अप्रतिम उद्‍देश्य की तसवीर बनाना बेहद महत्त्वपूर्ण है, जो आपके प्रयासों को आपके जीवन के बाकी हिस्सों के लिए एक अच्छी तरह से परिभाषित लक्ष्य की ओर अग्रसर करेगा। यह आपको हमेशा आपके लक्ष्यों की याद दिलाएगा और आपको ताकत देगा।

जीवन में एक उद्‍देश्य का होना तब तक अपूर्ण है, जब तक आप उस लक्ष्य की पूर्ति के लिए आवश्यक समुचित ज्ञान प्राप्त करने में सक्षम नहीं होते हैं। अपने लक्ष्य की ओर आगे बढ़ने के लिए अपने माता-पिता और अपने स्कूलों व कॉलेजों द्वारा आपके लिए उपलब्ध संसाधनों, लोगों और नेटवर्कों का सबसे अच्छा उपयोग करना आपका कर्तव्य है। ज्ञान आपको

महानता प्रदान करेगा और आपको कठिन मिशनों को पूरा करने में मददगार भी साबित होगा।

मैं आप सबके साथ अपने शिक्षक प्रो. सतीश धवन की कहानी साझा करना चाहता हूँ। मैं दिल्ली में रक्षा मंत्रालय में काम कर रहा था। इसके बाद मैं सन् 1958 में रक्षा अनुसंधान एवं विकास संगठन (डी.आर.डी.ओ.) के एयरोनॉटिकल डेवलपमेंट इस्टेब्लिशमेंट, बेंगलुरु से जुड़ गया। मैंने वहाँ पर निदेशक की सलाह पर एक हॉवरक्राफ्ट को तैयार करने का काम अपने हाथों में लिया। हॉवरक्राफ्ट डिजाइन में टॉर्क को सुचारु रूप से प्रवाहित करने के लिए डक्टेड कॉण्ट्रा-रोटेटिंग प्रोपेलर के विकास की आवश्यकता थी। मैं डक्टेड कॉण्ट्रा-रोटेटिंग प्रोपेलर को डिजाइन करने के बारे में कुछ नहीं जानता था, हालाँकि मुझे यह पता था कि एक पारंपरिक प्रोपेलर को कैसे डिजाइन किया जाता है। मेरे कुछ मित्रों ने मुझे सलाह दी कि मुझे भारतीय विज्ञान संस्थान के प्रो. सतीश धवन से संपर्क करना चाहिए, जो अपने एयरोनॉटिकल शोध, जो कि डक्टेड कॉण्ट्रा-रोटेटिंग प्रोपेलर को डिजाइन करने में मदद के लिए थे, के लिए जाने जाते थे।

मैं आप सबके साथ अपने शिक्षक प्रो. सतीश धवन की कहानी साझा करना चाहता हूँ। मैं दिल्ली में रक्षा मंत्रालय में काम कर रहा था। इसके बाद मैं सन् 1958 में रक्षा अनुसंधान एवं विकास संगठन (डी.आर.डी.ओ.) के एयरोनॉटिकल डेवलपमेंट इस्टेब्लिशमेंट, बेंगलुरु से जुड़ गया। मैंने वहाँ पर निदेशक की सलाह पर एक हॉवरक्राफ्ट को तैयार करने का काम अपने हाथों में लिया।

मैंने अपने निदेशक डॉ. मेदीरत्ता से अनुमति ली और प्रो. धवन के पास पहुँचा, जो भारतीय विज्ञान संस्थान के एक छोटे से कमरे में बैठे थे और उनके चारों तरफ पुस्तकों का ढेर लगा हुआ था। इसके अलावा, दीवार पर एक

ब्लैकबोर्ड भी मौजूद था। मैंने उन्हें अपनी परियोजना में आ रही समस्या के बारे में बताया। उन्होंने मुझे बताया कि यह वास्तव में एक बेहद चुनौतीपूर्ण काम था और वे मुझे डिजाइन सिखा सकते हैं, बशर्ते मैं अगले छह सप्ताह तक प्रत्येक शनिवार को दोपहर 2 से 3 बजे के बीच भारतीय विज्ञान संस्थान में उनकी कक्षाओं में भाग लूँ तो।

मैंने ऐसा करना प्रारंभ कर दिया। मैंने पाया कि वे एक दूरदर्शी शिक्षक थे। उन्होंने पूरे पाठ्यक्रम के लिए एक सारणी तैयार की और उसे ब्लैकबोर्ड पर लिख दिया, ताकि हम उनके द्वारा पढ़ाए जानेवाले तमाम विषयों के लिए पहले से ही तैयार हो सकें। इसके अलावा, उन्होंने मुझे कुछ संदर्भ सामग्री और पुस्तकें भी दीं, जिन्हें मुझे कोर्स के शुरू होने से पहले पढ़ना चाहिए था। मैंने इसे एक शानदार अवसर की तरह लिया और नियमित रूप से उनसे मिलना प्रारंभ कर दिया। प्रत्येक कक्षा प्रारंभ करने से पहले वे मुझसे कुछ महत्त्वपूर्ण सवाल पूछते और उस विषय को लेकर मेरी समझ का आकलन करते। उस दौरान मैंने पहली बार महसूस किया कि कैसे एक बेहतरीन शिक्षक स्वयं को कुशल योजना के साथ पढ़ाने के लिए और छात्रों को ज्ञान के अधिग्रहण के लिए तैयार करता है। यह प्रक्रिया अगले छह सप्ताह तक जारी रही। मैंने सिद्धांतों को समझा और अंत में एक डक्टेड कॉण्ट्रा-रोटेटिंग प्रोपेलर को डिजाइन करने की क्षमता हासिल की। प्रो. धवन ने मुझे बताया कि अब मैं एक हॉवरक्राफ्ट कॉन्फिगरेशन के लिए प्रोपेलर विकसित करने को तैयार था। यही वह समय था, जब मैंने महसूस किया कि प्रो. सतीश धवन सिर्फ एक शिक्षक नहीं, बल्कि वैमानिकी प्रणालियों

मैंने ऐसा करना प्रारंभ कर दिया। मैंने पाया कि वे एक दूरदर्शी शिक्षक थे। उन्होंने पूरे पाठ्यक्रम के लिए एक सारणी तैयार की और उसे ब्लैकबोर्ड पर लिख दिया, ताकि हम उनके द्वारा पढ़ाए जानेवाले तमाम विषयों के लिए पहले से ही तैयार हो सकें।

के एक शानदार विकास इंजीनियर भी थे।

इसके बाद कॉण्ट्रा-रोटेटिंग प्रोपेलर सिस्टम के परीक्षण के महत्त्वपूर्ण चरणों के दौरान प्रो. धवन मेरे साथ खड़े थे और सामने आनेवाली समस्याओं का समाधान करने में मेरी मदद की। एक निर्विघ्न परीक्षण चरण तक पहुँचने के बाद प्रोपेलर 50 घंटों के निरंतर परीक्षणों से गुजरा। प्रो. सतीश धवन खुद इस परीक्षण के साक्षी बने और मुझे बधाई दी। जब मैंने अपनी टीम द्वारा तैयार किए गए प्रोपेलर को हॉवरक्राफ्ट में मिशन की जरूरत के अनुसार प्रदर्शन करते हुए देखा तो वह मेरे लिए एक यादगार दिन था। हालाँकि उस समय तक मुझे इस बात का अंदाजा तक नहीं था कि प्रो. सतीश धवन एक दिन इसरो (ISRO) के चेयरमैन बनेंगे और मुझे अंतरिक्ष की कक्षा में 'रोहिणी' उपग्रह को इंजेक्ट करनेवाले सैटेलाइट लॉन्च व्हीकल एस.एल.वी.-3 के विकास में उनके साथ परियोजना निदेशक के रूप में काम करने का अवसर मिलेगा।

इसके बाद कॉण्ट्रा-रोटेटिंग प्रोपेलर सिस्टम के परीक्षण के महत्त्वपूर्ण चरणों के दौरान प्रो. धवन मेरे साथ खड़े थे और सामने आनेवाली समस्याओं का समाधान करने में मेरी मदद की। एक निर्विघ्न परीक्षण चरण तक पहुँचने के बाद प्रोपेलर 50 घंटों के निरंतर परीक्षणों से गुजरा।

वह मेरे कॅरियर का पहला डिजाइन था। इसने मुझे भविष्य में कई जटिल एयरोस्पेस सिस्टमों से दो-चार होने के लिए आवश्यक आत्मविश्वास प्रदान किया। हॉवरक्राफ्ट दो यात्रियों के साथ जमीन से बहुत कम ऊँचाई तक उड़ान भरने में सक्षम था। मैं इस हॉवरक्राफ्ट का पहला पायलट था और मैं इस वाहन को किसी भी दिशा में नियंत्रित कर और घुमा-फिरा सकता था। इस सबसे ऊपर, मैंने सीखा कि किसी भी परियोजना में परेशानियाँ तो सामने आएँगी ही; हमें उन परेशानियों को अपने ऊपर हावी नहीं होने देना है, बल्कि हमें उन परेशानियों को हराना होगा। फिर सफलता हमारे कदम चूमेगी।

असाधारण लक्ष्यों को प्राप्त करने के लिए किसी को भी अपने लक्ष्य की दिशा में अथक प्रयास करने की आवश्यकता होती है। उचित ज्ञान के साथ निरंतर प्रयास कठिनाइयों से पार पाने और सफल होने में मददगार साबित हो सकते हैं।

मैं बहुत सौभाग्यशाली रहा कि मुझे तीन गुरुओं—प्रो. विक्रम साराभाई, डॉ. ब्रह्म प्रकाश और प्रो. सतीश धवन के सान्निध्य में काम करने का अवसर मिला। सन् 1973 में मुझे पहले सैटेलाइट लॉञ्च व्हीकल एस.एल.वी.-3 विकसित करने का एक प्रमुख राष्ट्रीय प्रोजेक्ट सौंपा गया। मैं एक शानदार टीम के साथ सात वर्षों में इस परियोजना को पूर्ण करने में सक्षम रहा। हम में से कोई भी एस.एल.वी.-3 या इसके सब-सिस्टम के बारे में पूरी तरह से नहीं जानता था। हमने सीखा, सपना देखा, प्रयोग किया, असफल हुए, दोबारा प्रयास किए और अंत में सफल हुए। हर कोई नई सोच रखता था और सब एक-दूसरे से सीखा करते थे। हर कोई दूसरों की सफलता का आनंद लेता था। मेरी टीम के सभी सदस्य अच्छे, ऊर्जावान् और कड़े लोग थे। इन सभी शानदार लोगों का प्रबंधन करना एक कठिन, लेकिन सुखद कर्तव्य था। मैं अब भी उस अनुभव को याद करता हूँ। वे सब भविष्य में इसरो में विशिष्ट पदों पर सुशोभित हुए।

मैं बहुत सौभाग्यशाली रहा कि मुझे तीन गुरुओं—प्रो. विक्रम साराभाई, डॉ. ब्रह्म प्रकाश और प्रो. सतीश धवन के सान्निध्य में काम करने का अवसर मिला। सन् 1973 में मुझे पहले सैटेलाइट लॉञ्च व्हीकल एस.एल.वी.-3 विकसित करने का एक प्रमुख राष्ट्रीय प्रोजेक्ट सौंपा गया।

जब आप कठिन अभियानों पर काम कर रहे होते हैं तो वे अपने साथ मुश्किल चुनौतियों को भी लेकर आते हैं, जिसके चलते कभी-कभी अस्थायी असफलताओं का भी सामना करना पड़ सकता है। किसी भी मनुष्य की सबसे बड़ी परीक्षा उसकी असफलता को स्वीकारने और सफल होने तक

प्रयास करते रहने में है। असफलताओं को प्रबंधित करना एक ऐसा गुण है, जो नेतृत्व के लिए आवश्यक है। आइए, अब मैं इस संदर्भ में आपको अपने व्यावसायिक जीवन के एक अनुभव से रू-बरू करवाता हूँ।

मैं जब भी प्रो. सतीश धवन के बारे में सोचता हूँ तो मेरे जेहन में कई घटनाएँ तैरने लगती हैं। मैं आपके साथ एक बार फिर एक महत्त्वपूर्ण घटना को साझा करना चाहूँगा, जो युवा पीढ़ी के लिए एक महत्त्वपूर्ण सबक है। मैं एस.एल.वी.-3 के प्रथम प्रायोगिक प्रक्षेपण का परियोजना निदेशक था। 10 अगस्त, 1979 को वह शानदार तरीके से टी-0 पर उतरा और प्रथम चरण का प्रदर्शन बिल्कुल अनुमानों के मुताबिक रहा। दूसरा चरण प्रारंभ किया गया; लेकिन चंद ही सेकंडों में हमने अपने वाहन को गिरते-पड़ते चलते हुए देखा और हमने अपनी उड़ान को बंगाल की खाड़ी में खो दिया। उस समय सुबह के 8 बजे का समय हुआ था। कई दिनों से लगातार दिन-रात काम करते रहने के बावजूद पूरी टीम डेटा इकट्ठा करने और उड़ान के असफल होने की वजह तलाशने के प्रयासों में जुटी रही। इस बीच प्रो. सतीश धवन ने मुझे एक संवाददाता सम्मेलन में भाग लेने के लिए बुलावा भेजा। संवाददाता सम्मेलन शुरू होने से पहले उन्होंने मुझे बताया कि वे स्थिति को सँभालने जा रहे हैं और मुझे कई वरिष्ठ वैज्ञानिकों एवं प्रौद्योगिकीविदों के साथ वहाँ पर मौजूद होना चाहिए। संवाददाता सम्मेलन कक्ष मीडियाकर्मियों से ठसाठस भरा हुआ था। वहाँ पर निराशा फैली हुई थी। कई सवालों की बौछार हुई, जिनमें से कई बेहद शक्तिशाली व विचारणीय थे और आलोचना भी थी।

मैं जब भी प्रो. सतीश धवन के बारे में सोचता हूँ तो मेरे जेहन में कई घटनाएँ तैरने लगती हैं। मैं आपके साथ एक बार फिर एक महत्त्वपूर्ण घटना को साझा करना चाहूँगा, जो युवा पीढ़ी के लिए एक महत्त्वपूर्ण सबक है। मैं एस.एल.वी.-3 के प्रथम प्रायोगिक प्रक्षेपण का परियोजना निदेशक था।

प्रो. धवन ने वहाँ पर घोषणा की, "दोस्तो, आज हमने 'रोहिणी' उपग्रह को अंतरिक्ष में भेजने के क्रम में एस.एल.वी.-3 का प्रायोगिक परीक्षण किया। यह आंशिक रूप से सफल रहा। यह एक ही प्रक्षेपण यान में कई तकनीकों को सिद्ध करनेवाला हमारा पहला मिशन है। हमने इस लॉन्च में कई प्रौद्योगिकियों को सिद्ध किया है, लेकिन हमें अभी कई को साबित करना है। हम लड़खड़ाए जरूर हैं, लेकिन गिरे नहीं हैं। इस सबके ऊपर, मुझे लगता है कि मेरी टीम के सदस्यों को अगले मिशन के सफल होने के लिए आवश्यक तमाम प्रौद्योगिकीय सहायता दी जानी चाहिए।" इसके बाद एक विफलता विश्लेषण बोर्ड ने कारण साबित किया। हम दूसरे लॉन्च की तैयारी के साथ आगे बढ़े।

एस.एल.वी.-3 का दूसरा मिशन 18 जुलाई, 1980 को शुरू किया गया। सुबह 6:30 बजे का समय हुआ था। पूरे देश का ध्यान श्रीहरिकोटा के एस.एच.ए.आर. कॉम्प्लेक्स, जिसका नामकरण अब प्रो. सतीश धवन को श्रद्धांजलि-स्वरूप उनके नाम पर कर दिया गया है, पर लगा हुआ था।

एस.एल.वी.-3 का दूसरा मिशन 18 जुलाई, 1980 को शुरू किया गया। सुबह 6:30 बजे का समय हुआ था। पूरे देश का ध्यान श्रीहरिकोटा के एस.एच.ए.आर. कॉम्प्लेक्स, जिसका नामकरण अब प्रो. सतीश धवन को श्रद्धांजलि-स्वरूप उनके नाम पर कर दिया गया है, पर लगा हुआ था। मिशन से जुड़ी टीमें उलटी गिनती के दौरान उड़ान के अनुक्रम को ध्यान से देखने में व्यस्त थीं। टी-0 पर वाहन ने उड़ान भरी और हम एक पाठ्य-पुस्तकीय प्रक्षेप-पथ के साक्षी बने। उड़ान के लगभग 600 सेकंड बाद मुझे इस बात का अहसास हुआ कि चौथे चरण सहित प्रत्येक चरण ने आवश्यक वेग दिया है। मैंने एक घोषणा की, "मिशन डायरेक्टर सभी स्टेशनों को कॉल कर रहे हैं। एस.एल.वी.-3 ने 'रोहिणी' उपग्रह को कक्षा में रखने के लिए आवश्यक वेग और सही ऊँचाई दे दी है।

हमारे डाउन रेंज स्टेशनों और वैश्विक स्टेशनों को एक घंटे के भीतर उपग्रह की कक्षा मिल जाएगी।" सभी स्टेशन और आगंतुक गैलरियाँ तालियों की गड़गड़ाहट से गूँज गए।

इसके बाद सबसे महत्त्वपूर्ण बात हुई। प्रो. सतीश धवन ने मुझे हमारी टीम के सदस्यों के साथ संवाददाता सम्मेलन को सँभालने के लिए कहा।

यहाँ पर दो ऐसे संदेश हैं, जो मैं आपको देना चाहता हूँ। पहला है—एक असफलता के बाद खुद को दोबारा आगे बढ़ाने के लिए आवश्यक लचीलेपन और साहस के बारे में। दूसरा है—असफलता के प्रबंधन में एक अगुवा की भूमिका के विषय में। एक अगुवा को सफलता का श्रेय टीम के सभी सदस्यों को देना चाहिए। बात जब विफलता की आती है तो अगुवा को उन्हें अपने जिम्मे लेते हुए टीम के सदस्यों का बचाव करना चाहिए। मैंने विफलता के प्रबंधन से जुड़ा यह शानदार पाठ किसी भी पाठ्य-पुस्तक में या फिर उस समय के किसी भी संस्थान में नहीं पढ़ा।

आइए, अब मैं आपको अपने व्यावसायिक जीवन से जुड़ी एक यादगार घटना से रू-बरू करवाता हूँ, जिसने मुझे बहुत आनंद प्रदान किया। यह पोलियो-प्रभावित बच्चों के लिए एफ.आर.ओ. (फ्लोर रिएक्शन ऑर्थोसिस) कैलिपर बनाने का मेरा अनुभव था।

आइए, अब मैं आपको अपने व्यावसायिक जीवन से जुड़ी एक यादगार घटना से रू-बरू करवाता हूँ, जिसने मुझे बहुत आनंद प्रदान किया। यह पोलियो-प्रभावित बच्चों के लिए एफ.आर.ओ. (फ्लोर रिएक्शन ऑर्थोसिस) कैलिपर बनाने का मेरा अनुभव था। हैदराबाद के एक अस्पताल की यात्रा के दौरान मैंने कई बच्चों को 4 किलो से अधिक वजन वाले कृत्रिम पैर के साथ चलने के लिए संघर्ष करते हुए देखा। एन.आई.एम.एस. के प्रो. प्रसाद, जो उस समय आर्थोपेडिक विभाग के प्रमुख थे, के अनुरोध पर मैंने 'अग्नि' मिसाइल से

जुड़े अपने दोस्तों से पूछा कि क्या हम 'अग्नि' हीट शील्ड में प्रयोग किए जानेवाली मिश्रित सामग्री का इस्तेमाल पोलियो-प्रभावित लोगों के लिए एफ.आर.ओ. का निर्माण करने में कर सकते हैं। उन्होंने तुरंत ही कहा कि ऐसा संभव है। हमने इस परियोजना पर कुछ समय तक काम किया और 4 किलो वाले एफ.आर.ओ. के स्थान पर सिर्फ 400 ग्राम वजन वाले का निर्माण करने में सफल हुए, जो बच्चों पर लादे जानेवाले वजन का 1/10 था। डॉक्टरों ने बच्चों में नए हलके वजन वाले एफ.आर.ओ. फिट करने में हमारी मदद की और बच्चों ने चलना व भागना शुरू कर दिया।

डॉक्टरों ने बच्चों में नए हलके वजन वाले एफ.आर.ओ. फिट करने में हमारी मदद की और बच्चों ने चलना व भागना शुरू कर दिया। चूँकि बच्चों को नए कैलिपर्स लगाए जा रहे थे, इसलिए उनके माता-पिता भी वहाँ उपस्थित थे।

चूँकि बच्चों को नए कैलिपर्स लगाए जा रहे थे, इसलिए उनके माता-पिता भी वहाँ उपस्थित थे। जब उन्होंने अपने बच्चों को हलके वजन वाले कैलिपर्स के साथ भागते-दौड़ते देखा तो उनकी आँखों से खुशी के आँसू बह निकले। अस्पताल द्वारा उपलब्ध करवाए गए हलके उपकरणों की सहायता से वे दौड़ सकते थे, साइकिल की सवारी कर सकते थे और हर वह काम कर सकने में सक्षम थे, जो वे लंबे समय से नहीं कर पा रहे थे। बच्चों द्वारा पिछले काफी समय से भुगते जा रहे दर्द को मिटाते हुए उन्हें मिलनेवाली स्वतंत्रता ने मुझे आनंद की ऐसी अनुभूति प्रदान की, जिसका अनुभव मुझे अपनी अन्य किसी भी उपलब्धि के दौरान नहीं हुआ।

मुझे विश्वास है कि मेरे प्रत्येक युवा मित्र देश के 10 लाख प्रबुद्ध युवाओं का हिस्सा बन सकते हैं और जरूर बनेंगे तथा सामाजिक परिवर्तन ला सकते हैं।

इसके लिए आप चाहे जहाँ कहीं भी हों, एक विचार, जो हमेशा आपके

मन में आएगा कि आप किस प्रक्रिया के उत्पाद का नवाचार या आविष्कार या खोज कर सकते हैं।

इस बात को हमेशा याद रखें कि ये आपके जीवन के सबसे अच्छे दिन हैं, जिनमें आप पंख उगाना और कैसे उड़ना है, यह सीख रहे हैं। इन कीमती दिनों को व्यर्थ न जाने दें।

आप विशेषज्ञता पाने के लिए चाहे जिस भी क्षेत्र का चुनाव करें, आपको बड़ा सोचना होगा, कड़ी मेहनत करनी होगी और अपने लक्ष्य को प्राप्त करने के लिए दृढ़ बने रहना होगा।

विकास को लाने के लिए महान् वैज्ञानिक, प्रौद्योगिकीय और करुणामय मस्तिष्क, अच्छे शिक्षक, अच्छी पुस्तकें और अच्छे आंतरिक वातावरण की आवश्यकता होती है।

आप में से हर किसी को यह विश्वास होना चाहिए कि कोई भी समस्या आपको हरा नहीं सकती है। आपको कहना होगा—मैं समस्या के ऊपर हावी होऊँगा, उसे हराऊँगा और सफलता प्राप्त करूँगा।

हम सबको विज्ञान और प्रौद्योगिकी के अनुप्रयोग के माध्यम से पानी, ऊर्जा, आवास, अपशिष्ट प्रबंधन और पर्यावरण के क्षेत्र में ग्रह के सामने आनेवाली समस्याओं को दूर करने के लिए काम करने की आवश्यकता है।

हमें यह महसूस करने की आवश्यकता है कि हम उतने ही युवा हैं, जितना हमारा विश्वास और उतने पुराने हैं, जितना हमारा संदेह। साथ ही, हम उतने युवा हैं, जितना हमारा आत्मविश्वास और उतने बुजुर्ग हैं, जितना हमारा डर। हम अपनी आशाओं जितने युवा हैं और निराशाओं जितने बुजुर्ग।

हम विश्वास, आत्मविश्वास और आशा को विकसित करेंगे।

(6 मई, 2015 को, मुवाट्टुपुझा के कोचीन कॉलेज ऑफ साइंस एंड टेक्नोलॉजी में छात्रों के साथ संवाद के दौरान दिया गया उद्बोधन।)

□

नवाचार और रचनात्मकता

एक ज्ञान समाज में हमें निरंतर नवाचार करना होगा। नवाचार रचनात्मकता के माध्यम से आते हैं। रचनात्मकता आती है सुंदर मन से।

जब ज्ञान अर्थव्यवस्था का एक महत्त्वपूर्ण हिस्सा बन जाता है तो समाज केवल बुनियादी आवश्यकताओं को पूरा करने के बजाय सशक्तीकरण और सर्वांगीण विकास पर अधिक ध्यान केंद्रित करता है। शिक्षा-प्रणाली में सुधार किया जाता है, क्योंकि शिक्षा में प्रेरणा एवं रचनात्मकता होती है और स्व-शिक्षा को भी प्रेरित किया जाता है। औपचारिक और अनौपचारिक शिक्षा दोनों ही मूल्यों, योग्यता एवं गुणवत्ता पर ध्यान केंद्रित करते हैं। इस प्रकार की शिक्षा को पाने के बाद कार्यबल में शामिल होनेवाले लोग जानकार व आत्म-सशक्त होंगे और विभिन्न मुद्दों एवं समस्याओं से दो-चार होने को लेकर उनकी सोच और कौशल में एक लचीलापन भी मौजूद होगा। उनके द्वारा किया जानेवाला काम कम संरचित हो सकता है और इसके संरचित एवं हार्डवेयर-चलित होने के स्थान पर संगत सॉफ्टवेयर के विकास की जरूरत हो सकती है। प्रबंधकों को कर्मचारियों को सिर्फ आदेश लेने की अपेक्षा करने के बजाय जिम्मेदारियों को सौंपने पर अधिक जोर देना होगा। अंत में, अर्थव्यवस्था अधिकांश ज्ञान-चलित उद्योगों द्वारा संचालित होगी।

मैं यहाँ पर आपके साथ एक संदेश साझा करना चाहता हूँ। यह एक ऐसा संदेश है, जो मन, संसाधन, व्यक्तित्व, टीम और अगुवा को जोड़ता है। इक्कीसवीं सदी के अगुवाओं के पास एक नया आयाम होना चाहिए और सबसे महत्त्वपूर्ण यह है कि उसे ईमानदारी के साथ काम करना चाहिए तथा ईमानदारी से ही सफल होना चाहिए।

मैंने 'आज जो काम कर गया, जरूरी नहीं कि वो कल भी काम आए' के विचार का उल्लेख किया है। हमें निरंतर अपने आसपास की दुनिया की

बदलती वास्तविकताओं का मूल्यांकन करने और नया करने तथा अनुकूलन करने की आवश्यकता है।

मैंने नेतृत्व के निम्नलिखित पहलुओं का उल्लेख किया है—

- नेतृत्व को खुद को ज्ञान के साथ सशक्त बनाना चाहिए।
- नेतृत्व मिशन के लक्ष्यों को प्राप्त करने के लिए कई क्षमताओं को मिलाने में सक्षम बनाएगा।
- नेतृत्व सतत विकास की जरूरतों की समझ के माध्यम से खुद को समृद्ध करेगा।
- नेतृत्व को सभी हितधारकों की आवश्यकताओं के प्रति संवेदनशीलता विकसित करनी चाहिए।
- नेतृत्व को टीम-भावना को बढ़ावा देना है।
- नेतृत्व को नवाचार और इसने रचनात्मकता को कैसे बढ़ावा दिया है, उसके आधार पर आँका जाएगा।
- नेतृत्व लगातार विकसित होगा और ज्ञान, प्रबंधन एवं प्रौद्योगिकी के साथ अधिक प्रतिस्पर्धी बनेगा।
- नेतृत्व हर स्तर पर मूल्य-वर्धन को मन में बिठाएगा।
- नेतृत्व फीडबैक को महत्त्व देगा और उसके आधार पर काररवाई करेगा।

अगुवा ईमानदारी से काम करेंगे और ईमानदारी से ही सफल होंगे तथा अपने अधीनस्थों में इस प्रकार की संस्कृति को बढ़ानेवालों के रूप में कार्य करेंगे।

मैं विकास के पैटर्नों और देशों के बीच आपसी संपर्क की गतिकी का अध्ययन कर रहा था, विशेषकर कारोबार और व्यापार में। जैसाकि आप सभी अवगत हैं कि दुनिया में कुछ विकसित देश हैं, जबकि कई विकासशील देश। इनके बीच क्या गतिकी है और इन्हें आपस में क्या जोड़ता है? एक विकसित देश को अपने उत्पादों को विभिन्न देशों को प्रतिस्पर्धी तरीके से बेचना पड़ता है, ताकि वह एक विकसित देश के अपने दर्जे को बनाए रखे।

एक विकासशील देश को भी अगर विकसित बनना है तो अपने उत्पादों को विभिन्न देशों को प्रतिस्पर्धी तरीके से बेचना पड़ता है। दोनों ही प्रकार के देशों के बीच प्रतिस्पर्धा सामान्य कारक है। अधिक सफल वह होता है, जो तीन आयामों को प्राप्त कर पाता है—उत्पाद की गुणवत्ता, लागत प्रभावशीलता और समयबद्ध आपूर्ति। विकासशील एवं विकसित देशों द्वारा उत्पादों की बिक्री में प्रतिस्पर्धा की इस गतिकी को 'विकास का नियम' कहा जाता है।

इस संदर्भ में, अब एक ऐसी नई प्रौद्योगिकी को लॉञ्च करने का समय आ चुका है, जो देश के सुदूरवर्ती क्षेत्रों में कनेक्टिविटी में सुधार करे। आज हमारे पास राष्ट्रीय स्तर पर 90 करोड़ मोबाइल फोन कनेक्शन हैं। अनुमान के अनुसार, वर्ष 2017 के अंत तक देश में 16 करोड़ की मौजूदा संख्या के मुकाबले 50 करोड़ से अधिक मोबाइल-आधारित इंटरनेट उपयोगकर्ता होंगे। इनमें से कई नए उपयोगकर्ता ग्रामीण क्षेत्रों से संबंध रखेंगे। फिलहाल 6,00,000 गाँवों, जहाँ 70 प्रतिशत से भी अधिक आबादी निवास करती है, में से अधिकांश अभी तक हाई स्पीड इंटरनेट कनेक्टिविटी से नहीं जुड़े हैं। यहाँ तक कि अधिकांश ग्रामीण इलाकों में 3जी मोबाइल नेटवर्क कनेक्शन तक उपलब्ध नहीं हैं।

अब एक ऐसी नई प्रौद्योगिकी को लॉञ्च करने का समय आ चुका है, जो देश के सुदूरवर्ती क्षेत्रों में कनेक्टिविटी में सुधार करे। आज हमारे पास राष्ट्रीय स्तर पर 90 करोड़ मोबाइल फोन कनेक्शन हैं।

यहाँ पर मैं आप सबके साथ एक जानकारी साझा करना चाहता हूँ, जो डाटा ट्रांसफर से जुड़े सभी रिकॉर्डों को तोड़नेवाली एक नई प्रकार की ऑप्टिक फाइबर केबल के बारे में है, जिसे अमेरिका और नीदरलैंड्स के शोधकर्ताओं ने मिलकर विकसित किया है। इस केबल ने ग्लास फाइबर के एक इकलौते स्ट्रेंड के जरिए 255 टेराबाइट्स की जानकारी पाने में सफलता प्राप्त की है।

आज भारत वर्तमान में ब्रॉडबैंड स्पीड के मामले में 1.7 एम.बी.पी.एस. की स्पीड के साथ दुनिया में 118वें स्थान पर है, जबकि जापान और हांगकांग में यह स्पीड 20 एम.बी.पी.एस. से कहीं अधिक की है। आज भारत में पिछले कुछ दशकों में करीब 1.4 करोड़ कि.मी. फाइबर बिछाया जा सका है, जो सिर्फ कुछ शहरों व जिलों को ही जोड़ता है और इसके वर्ष 2017 तक 3 करोड़ कि.मी. तक पहुँचने की उम्मीद जताई जा रही है, जो संभवत: जिला और तहसील स्तर तक पहुँच सकती है। अगर हमें ग्रामीण और शहरी क्षेत्रों के बीच के डिजिटल विभाजन को पाटना है तो 2.5 लाख पंचायतों और 6,00,000 गाँवों को फाइबर ऑप्टिक केबल से जोड़ना जरूरी है। अगर हमें ऐसा करना है तो हमें 2.5 लाख ग्राम पंचायतों को जोड़ने के लिए करीब 6 लाख केबल कि.मी. और 1.5 करोड़ फाइबर कि.मी. की आवश्यकता होगी। अब, अगर हमें 6,00,000 गाँवों और शहरों को आपस में जोड़ना है तो हमें अधिकतम 40 करोड़ फाइबर कि.मी. बिछाने की जरूरत है। 'डिजिटल इंडिया' को साकार करने की चुनौती 40 करोड़ फाइबर कि.मी. बुनियादी ढाँचे का निर्माण करना है। खबरों के मुताबिक, चीन डिजिटल विभाजन को पाटने के लिए प्रति वर्ष 20 करोड़ फाइबर कि.मी. तैयार कर रहा है। हमारे लिए सबसे बड़ी चुनौती समय पर लक्ष्य को पाने के लिए एक प्रभावी परियोजना प्रबंधन एवं प्रक्रिया प्रबंधन के साथ भूमिगत फाइबर केबल बिछाना होगा।

आज भारत वर्तमान में ब्रॉडबैंड स्पीड के मामले में 1.7 एम.बी.पी.एस. की स्पीड के साथ दुनिया में 118वें स्थान पर है, जबकि जापान और हांगकांग में यह स्पीड 20 एम.बी.पी.एस. से कहीं अधिक की है। आज भारत में पिछले कुछ दशकों में करीब 1.4 करोड़ कि.मी. फाइबर बिछाया जा सका है"

चूँकि फाइबर ऑप्टिक्स केबल तकनीक हाई टेंशन इलेक्ट्रिकल वायर

के साथ चल सकती है और साथ ही हाइब्रिड फाइबर, ताँबा, अल्युमीनियम केबल बिना बिजली के हस्तक्षेप और नुकसान के बिजली, डेटा को एक साथ संचारित कर सकते हैं, ऐसे में हम विद्युतीय बिजली लाइनों के साथ ऑप्टिकल फाइबर बिछाते हुए पूरे देश तक पहुँच बना सकते हैं। इसी वजह से ऑप्टिकल फाइबर को बिजली लाइनों के साथ जोड़ने के लिए एक उचित नीति विकसित की जानी चाहिए।

जब तक गाँव आपस में जुड़ नहीं जाते और उनमें वाईफाई की सुविधा उपलब्ध नहीं होती, तब तक डिजिटल विभाजन मौजूद रहेगा। इसीलिए मैं इंजीनियरिंग, प्रौद्योगिकी एवं संचार के क्षेत्र में काम करनेवाले आप सभी से आग्रह करता हूँ कि आप सरकारी, सार्वजनिक और निजी संस्थानों के साथ कंधे-से-कंधा मिलाकर फाइबर केबल, वाईफाई और 3जी/4जी कनेक्टिविटी के संयोजन के जरिए गाँवों में हाई स्पीड वाईफाई सेवा सुनिश्चित करें। एक बार ऐसा संभव होने के बाद हम इन नवीन उपयोगकर्ताओं को एक ऐसी विश्वसनीय सेवा प्रदान कर सकते हैं, जो निर्बाध, तेज और ब्रेकडाउन से मुक्त होने के साथ लागत प्रभावी भी हो।

मैं मानव जीवन पर व्यापक प्रभाव डालनेवाले एक और बेहद महत्त्वपूर्ण क्षेत्र को छूना चाहूँगा और वह है—कृत्रिम बुद्धिमत्ता, यानी आर्टिफिशियल इंटेलिजेंस (ए.आई.)। जैसा कि आप सबको जानकारी है कि कृत्रिम बुद्धिमत्ता लोग जो कर सकते हैं, उसमें इजाफा करके मानवीय प्रयास को बढ़ा सकती है।

मैं मानव जीवन पर व्यापक प्रभाव डालनेवाले एक और बेहद महत्त्वपूर्ण क्षेत्र को छूना चाहूँगा और वह है—कृत्रिम बुद्धिमत्ता, यानी आर्टिफिशियल इंटेलिजेंस (ए.आई.)। जैसा कि आप सबको जानकारी है कि कृत्रिम बुद्धिमत्ता लोग जो कर सकते हैं, उसमें इजाफा करके मानवीय प्रयास को बढ़ा सकती है। मनुष्यों और एल्गोरिद्म की संमिश्रित टीमें सभी प्रकार के

कामों में आदर्श बन जाएँगी। ए.आई. के समर्थन से डॉक्टरों के पास चिकित्सा छवियों के जरिए कैंसर का पता लगाने की अतिरिक्त क्षमता मौजूद होगी; स्मार्टफोन में मौजूद स्पीच रिकॉग्निशन एल्गोरिद्म इंटरनेट को ग्रामीण आबादी तक पहुँचाएँगे; डिजिटल सहायक शैक्षिक अनुसंधान में मदद करेंगे; इमेज क्लासिफिकेशन एल्गोरिद्म पहनने योग्य कंप्यूटरों को वास्तविक दुनिया के लोगों के विचारों पर उपयोगी जानकारी को रखने की अनुमति प्रदान करेगा। (स्रोत : दि इकोनॉमिस्ट, 9-15 मई, 2015)।

मैं वर्ष 2014-15 के लिए वैश्विक प्रतिस्पर्धात्मकता रिपोर्ट का अध्ययन कर रहा था। मैंने उसमें पाया कि वैश्विक प्रतिस्पर्धा इंडेक्स रैंकिंग के मामले में स्विट्जरलैंड पहले, सिंगापुर दूसरे, अमेरिका तीसरे, यू.ए.ई. चौथे, कोरिया छब्बीसवें, चीन अट्ठाईसवें और भारत इकहत्तरवें स्थान पर है।

मैं वर्ष 2014-15 के लिए वैश्विक प्रतिस्पर्धात्मकता रिपोर्ट का अध्ययन कर रहा था। मैंने उसमें पाया कि वैश्विक प्रतिस्पर्धा इंडेक्स रैंकिंग के मामले में स्विट्जरलैंड पहले, सिंगापुर दूसरे, अमेरिका तीसरे, यू.ए.ई. चौथे, कोरिया छब्बीसवें, चीन अट्ठाईसवें और भारत इकहत्तरवें स्थान पर है। प्रतिस्पर्धी सूचकांक के कई क्षेत्रों में हमारे प्रदर्शन में सुधार की आवश्यकता है। परिवर्तनात्मक क्षमता किसी भी संगठन की विकास प्रतिस्पर्धा को निर्धारित करती है। यह नवाचार संस्था और फर्म की आर. एंड डी. उत्पादकता द्वारा की गई पहल से उत्पन्न होता है और नीतियों व स्थानीय संस्थानों की प्रकृति इसे आकार प्रदान करती है। हमें प्रतिस्पर्धात्मकता सूचकांक में सुधार करने और अगले पाँच वर्षों में दुनिया के शीर्ष दस देशों में स्थान बनाने के लिए काम करने की आवश्यकता है। इसके लिए शोधकर्ताओं, प्रौद्योगिकीविदों, उत्पादन इंजीनियरों, व्यापारिक क्षेत्र के दिग्गजों और सबसे ऊपर, राजनीतिक प्रणाली के सभी समर्थन से सुसज्जित संयुक्त प्रयासों की आवश्यकता होती है।

नवाचार ज्ञान के नए विचारों को खोलता है और हमारी कल्पनात्मकता को नए आयाम प्रदान करता है, जिससे हमारा रोजमर्रा का जीवन गहराई और सामग्री में अधिक सार्थक और समृद्ध बनता है। नवाचार का जन्म रचनात्मकता से होता है।

ज्ञान-आधारित समाज में हमें निरंतर नवाचार करना होगा। नवाचार रचनात्मकता के माध्यम से आते हैं। रचनात्मकता सुंदर मन से आती है। यह कहीं भी और दुनिया के किसी भी हिस्से से हो सकता है।

मुझे विश्वास है कि भारत में हमेशा नवीन सोचवाले इंजीनियरों, प्रबंधकों, श्रमिकों और सहायक कर्मचारियों के साथ सैकड़ों रचनात्मक मन मौजूद रहेंगे। कॉलेजों में नवीन विचारों का पोषण करने और उन्हें उपभोक्ताओं के लिए आवश्यक उत्पाद का आकार देने के लिए एक नवाचार केंद्र जरूर होना चाहिए। नवाचार केंद्र का नेतृत्व ऐसे रचनात्मक अगुवाओं द्वारा किया जाना चाहिए, जो युवाओं और अनुभवी लोगों के विचारों को एक उत्पाद में विकसित करने के लिए प्रेरित कर सकने में सक्षम हों।

ज्ञान-आधारित समाज में हमें निरंतर नवाचार करना होगा। नवाचार रचनात्मकता के माध्यम से आते हैं। रचनात्मकता सुंदर मन से आती है। यह कहीं भी और दुनिया के किसी भी हिस्से से हो सकता है।

मैं कई मंचों से वर्ष 2020 तक देश के विकास के प्रोफाइल के स्तंभ पेश करता आया हूँ। मैं आपको भी उनसे रू-बरू करवाता हूँ—

- एक ऐसा देश, जहाँ ग्रामीण और शहरी विभाजन न्यूनतम हो।
- एक ऐसा देश, जहाँ बिजली एवं पीने के स्वच्छ पानी का समान वितरण और पर्याप्त पहुँच हो।
- एक ऐसा देश, जहाँ कृषि, उद्योग और सेवा क्षेत्र तारतम्यता से एक साथ मिलकर काम करें।
- एक ऐसा देश, जहाँ सामाजिक या आर्थिक भेदभाव के चलते किसी

भी मेधावी उम्मीदवार को मूल्य-प्रणाली आधारित शिक्षा से वंचित नहीं किया जाता हो।

- एक ऐसा देश, जो सबसे प्रतिभाशाली विद्वानों, वैज्ञानिकों और निवेशकों के लिए सबसे अच्छा गंतव्य है।
- एक ऐसा देश, जहाँ सभी के लिए स्वास्थ्य सेवा उपलब्ध है।
- एक ऐसा देश, जहाँ का शासन उत्तरदायी, पारदर्शी और भ्रष्टाचार-मुक्त है।
- एक ऐसा देश, जहाँ गरीबी पूरी तरह से खत्म हो गई है, अशिक्षा मिटा दी गई है और महिलाओं एवं बच्चों के खिलाफ अपराध नहीं होता है और समाज में कोई भी खुद को अलग-थलग महसूस नहीं करता है।
- एक ऐसा देश, जो समृद्ध, स्वस्थ, सुरक्षित, आतंकवाद से रहित, शांतिपूर्ण और खुशहाल है और एक सतत विकास के पथ पर आगे बढ़ रहा है।
- एक ऐसा देश, जो रहने के लिए सबसे अच्छे स्थानों में से एक है और अपने नेतृत्व पर गर्व करता है।

भारत के ऐसे प्रोफाइल को प्राप्त करने के लिए हमारे पास भारत को एक विकसित राष्ट्र में बदलने का मिशन है। मेरा मानना है कि पाँच ऐसे क्षेत्र हैं भारत में, जहाँ एकीकृत काररवाई के लिए बहुत क्षमता है।

ये हैं—

1. कृषि और खाद्य प्रसंस्करण।
2. विश्वसनीय और गुणवत्ता वाली विद्युत् शक्ति, देश के सभी भागों के लिए सतही परिवहन एवं बुनियादी ढाँचा।
3. शिक्षा और स्वास्थ्य सेवा।
4. सूचना और संचार प्रौद्योगिकी।
5. महत्त्वपूर्ण प्रौद्योगिकियों में आत्मनिर्भरता।

ये पाँचों क्षेत्र बेहद नजदीकी से अंतर-संबंधित हैं और अगर इन्हें

समन्वित तरीके से विकसित किया जाता है तो खाद्य, आर्थिक एवं राष्ट्रीय सुरक्षा को बढ़ावा मिलेगा।

हर कार्य क्षेत्र में, अर्थव्यवस्था के प्रत्येक क्षेत्र में, चाहे वह विज्ञान, इंजीनियरिंग, प्रौद्योगिकी या फिर प्रबंधन हो, जो एक चीज बेहद आवश्यक है, वह है—रचनात्मक नेतृत्व की मौजूदगी।

मैं आपको बताता हूँ कि राष्ट्रीय आर्थिक विकास और रचनात्मक नेतृत्व आपस में कैसे संबंधित हैं। किसी भी देश की समृद्धि आर्थिक विकास और महान् मानवीय चरित्र से सशक्त होती है।

मैं आपको बताता हूँ कि राष्ट्रीय आर्थिक विकास और रचनात्मक नेतृत्व आपस में कैसे संबंधित हैं। किसी भी देश की समृद्धि आर्थिक विकास और महान् मानवीय चरित्र से सशक्त होती है।

इसे ऐसे प्राप्त किया जा सकता है—

- एक राष्ट्र का आर्थिक विकास प्रतिस्पर्धा द्वारा संचालित होता है।
- प्रतिस्पर्धा ज्ञान द्वारा संचालित होती है।
- ज्ञान प्रौद्योगिकी और नवाचार द्वारा संचालित होता है।
- प्रौद्योगिकी और नवाचार संसाधन निवेश द्वारा संचालित होता है।
- संसाधन निवेश—निवेश पर प्रतिफल द्वारा संचालित होता है।
- निवेश पर प्रतिफल राजस्व द्वारा संचालित होता है।
- राजस्व मात्रा और बार-बार होनेवाली बिक्री द्वारा संचालित होता है।
- मात्रा और बार-बार होनेवाली बिक्री उपभोक्ता के प्रति वफादारी द्वारा संचालित होती है।
- उपभोक्ता के प्रति वफादारी गुणवत्ता और उत्पादों के मूल्य से संचालित होती है।
- उत्पादों की गुणवत्ता और मूल्य कर्मचारी उत्पादकता एवं नवाचार

द्वारा संचालित होते हैं।

- कर्मचारी उत्पादकता कर्मचारी की निष्ठा द्वारा संचालित होती है।
- कर्मचारी की निष्ठा कर्मचारी की संतुष्टि से संचालित होती है।
- कर्मचारी की संतुष्टि काम के माहौल से संचालित होती है।
- काम का माहौल नवाचार द्वारा संचालित होता है।
- प्रबंधन नवाचार रचनात्मक नेतृत्व द्वारा संचालित होता है।

मैंने अपने जीवन में तीन सपने देखे हैं, जो दृष्टि, मिशन और कार्यान्वयन के रूप में साकार हुए हैं। भारतीय अंतरिक्ष अनुसंधान संगठन (ISRO) का अंतरिक्ष कार्यक्रम, रक्षा अनुसंधान एवं विकास संगठन (डी.आर.डी.ओ.) का 'अग्नि' कार्यक्रम और ग्रामीण क्षेत्रों में शहरी सुविधाएँ प्रदान करना (PURA) मिशन एक राष्ट्रीय मिशन बन गया है। बेशक, ये तीन कार्यक्रम कई चुनौतियों और समस्याओं के बीच बेहद सफल हुए। मैंने इन तीनों क्षेत्रों में ही काम किया है। मैं आपको बताना चाहता हूँ कि मैंने इन तीनों कार्यक्रमों में नेतृत्व को लेकर क्या सीखा है—

- अगुवा के पास एक दूरदृष्टि होनी चाहिए।
- अगुवा के पास दूरदृष्टि को पूरा करने के लिए जुनून होना चाहिए।
- अगुवा को एक अज्ञात राह पर सफर करने में सक्षम होना चाहिए।
- अगुवा को सफलता और विफलता का प्रबंधन करना जरूर आना चाहिए।
- अगुवा में निर्णय लेने का साहस होना चाहिए।
- अगुवा के प्रबंधन में कुलीनता होनी चाहिए।
- अगुवा को हर कारवाई में पारदर्शी होना चाहिए।
- अगुवा को ईमानदारी के साथ काम करना और ईमानदारी के साथ ही सफल होना चाहिए।

अपने तमाम अभियानों में सफल होने के लिए आपको एक रचनात्मक अगुवा बनना होगा। रचनात्मक नेतृत्व का अर्थ है—पारंपरिक भूमिका में

बदलाव करने की दूरदृष्टि को रखना, जो कमांडर के कोच, प्रबंधक से गुरु, डायरेक्टर से डेलिगेटर और एक ऐसे व्यक्ति, जो इज्जत की माँग करता हो, से आत्मसम्मान की माँग करता हो। एक समृद्ध और विकसित भारत के लिए हमारे सभी शैक्षणिक संस्थानों, सार्वजनिक संगठनों और उद्योग के कई रचनात्मक अगुवाओं की पूरी पीढ़ी पर जोर होगा।

हमारे विकसित भारत की दिशा में आगे बढ़ने के साथ मुझे विश्वास है कि स्वस्थ मन व शरीर को लेकर हमारा अंतर्निहित ज्ञान और उपचार क्षमता ऐसा सबसे शक्तिशाली संसाधन है, जिसके जरिए हम उत्पादकता को बढ़ाने, बीमारियों को रोकने, बीमारी एवं चोट से उबरने में तेजी लाने और जिस स्थिति में बीमारी का इलाज संभव न हो, तब स्वास्थ्य को ठीक बनाए रखने में मदद कर सकती है।

हमारे विकसित भारत की दिशा में आगे बढ़ने के साथ मुझे विश्वास है कि स्वस्थ मन व शरीर को लेकर हमारा अंतर्निहित ज्ञान और उपचार क्षमता ऐसा सबसे शक्तिशाली संसाधन है, जिसके जरिए हम उत्पादकता को बढ़ाने, बीमारियों को रोकने, बीमारी एवं चोट से उबरने में तेजी लाने और जिस स्थिति में बीमारी का इलाज संभव न हो, तब स्वास्थ्य को ठीक बनाए रखने में मदद कर सकती है। स्वस्थ होने के लिए हमारे शरीर को पृथ्वी द्वारा पोषित और रक्षित होना चाहिए, हमारे मन और भावनाओं को जाग्रत् व शांत होना चाहिए और हमारे सामाजिक स्वयं को सेवा से आवश्यकता तक पहुँचना चाहिए। यहाँ तक कि जब इलाज उपलब्ध नहीं हो तो भी एक प्रकार का उपचार किया जा सकता है। और सेहत के लिए हमेशा जगह मौजूद होती है। सेहत और उपचार को महत्त्व देनेवाली संस्कृति एक समृद्ध समाज—जो उत्पादक, रचनात्मक, स्वस्थ और शांतिपूर्ण हो—का निर्माण करती है। आइए, हम अपने मूल्यों को विज्ञान और काररवाई के साथ संरेखित

करें, जो उन नीतियों और कानूनों को बनाने के लिए हैं, जो उत्कर्ष को बढ़ावा देते हैं; उत्पादकता और लाभ को स्वास्थ्य से जोड़ना; सामूहिक भलाई के उत्सव में सीखना, खेलना और मनोरंजन करना; और एक बायोमेडिकल एवं हेल्थकेयर सिस्टम बनाने के लिए, जो स्वस्थ तो करता ही है, साथ ही रोग-मुक्त भी करता है।

(14 मई, 2015 को महिंद्रा इकोले कॉलेज ऑफ इंजीनियरिंग में और टेक महिंद्रा, हैदराबाद के युवा इंजीनियरों को संबोधित करते हुए।)

□

अपने आप में अद्वितीय रहें

इतिहास ने यह साबित किया है कि जो असंभव को करने की कल्पना करते हैं, वे ही तमाम मानवीय सीमाओं को तोड़ने में सक्षम होते हैं।

मेरे कितने प्यारे युवा साथियों को इस बात का भरोसा है कि आप जिस भी क्षेत्र में जाने का फैसला करेंगे, उसमें एक अप्रतिम व्यक्तित्व बनने में कामयाब होंगे?

यह कहा जाता है, "इतिहास ने साबित किया है कि जो असंभव को करने की कल्पना करते हैं, वे ही तमाम मानवीय सीमाओं को तोड़ने में सक्षम होते हैं। मानव प्रयास के हर क्षेत्र, वह चाहे विज्ञान, चिकित्सा, खेल, कला या प्रौद्योगिकी हो, असंभव को करने की कल्पना करनेवाले लोगों के नाम हमारे इतिहास में स्वर्णाक्षरों में लिखे गए हैं। अपनी कल्पना की सीमाओं को तोड़कर उन्होंने दुनिया ही बदल दी है।"

आइए, कुछ ऐसे कभी हार न माननेवाले रचनात्मक मस्तिष्कों के बारे में जानते हैं, जिन्होंने 'असंभव' को 'संभव' कर दिखाया। मनुष्य के उड़ने की कहानी और कुछ नहीं, बल्कि मानव मस्तिष्क की रचनात्मकता और उस उत्कृष्टता को पाने की राह में आनेवाले संघर्षों से गुजरने की कहानी है। सन् 1895 में एक महान् और प्रसिद्ध वैज्ञानिक लॉर्ड केल्विन, जो रॉयल सोसाइटी ऑफ लंदन के अध्यक्ष भी थे, ने कहा, "हवा से भारी कोई भी चीज उड़ नहीं सकती और उसे उड़ाया नहीं जा सकता।" और इसके एक दशक के भीतर ही सन् 1903 में राइट बंधुओं ने साबित कर दिया कि मनुष्य हवा में उड़ सकता है।

वॉन ब्रॉन—एक प्रसिद्ध रॉकेट डिजाइनर, अंतरिक्ष यात्रियों को ले जानेवाले कैप्सूल 'सैटर्न-5' का निर्माण किया और चंद्रमा की सतह पर कदम रखने को संभव बनाया—ने सन् 1975 में कहा, "अगर मुझे अधिकार

मिल जाए तो मैं 'असंभव' शब्द को ही हटा दूँगा।"

पुरातन काल में, टॉल्मी खगोल विद्या का प्रयोग विभिन्न सितारों एवं ग्रहों की स्थिति और गति की गणना करने के लिए किया जाता था। उस समय यह धारणा थी कि धरती चपटी है। वैज्ञानिकों और खगोलविदों को यह साबित करने के लिए एड़ी-चोटी का जोर लगाना पड़ा कि धरती आकार में गोल है और सूर्य की परिक्रमा करती है। तीन महान् खगोलविदों—कोपरनिकस, गैलीलियो और केप्लर को खगोल-विज्ञान की दुनिया को एक नया आयाम देना था। आज हम यह बेहद आसानी से मान लेते हैं कि धरती एक ग्लोब है, जो सूर्य के चारों ओर परिक्रमा करती है और सूर्य आकाशगंगा में है। आज की तारीख में हमारी झोली में जितनी भी प्रौद्योगिकीय उन्नतियाँ हैं, वे सभी बीती हुई शताब्दियों के वैज्ञानिकों के वैज्ञानिक अन्वेषणों के नतीजे हैं। मानव ने कभी भी चुनौतियों के आगे हार नहीं मानी है। तब भी और अब भी, वह निरंतर असंभव को जीतने और सफल होने का प्रयास करता रहता है।

हम इन तमाम उपलब्धियों से क्या सबक सीखते हैं? वायुगतिकी के नियमों के अनुसार तो भौंरे को कभी भी उड़ने में सक्षम ही नहीं होना चाहिए। उसके कुल विंग स्पैन की तुलना में उसके शरीर के माप, वजन और आकार के चलते उसका उड़ना वैज्ञानिक रूप से तो असंभव है। लेकिन एक भौंरा, चूँकि वह वैज्ञानिक सिद्धांतों से अनभिज्ञ होता है, आगे बढ़ता है और उड़ जाता है, क्योंकि वह उड़ना चाहता है। मैं चाहता हूँ कि यहाँ पर मौजूद युवा इन उदाहरणों से सबक लें और सबकुछ संभव करने का प्रयास करें, क्योंकि वे अप्रतिम हैं।

हम इन तमाम उपलब्धियों से क्या सबक सीखते हैं? वायुगतिकी के नियमों के अनुसार तो भौंरे को कभी भी उड़ने में सक्षम ही नहीं होना चाहिए। उसके कुल विंग स्पैन की तुलना में उसके शरीर के माप, वजन और आकार के चलते उसका उड़ना वैज्ञानिक रूप से तो असंभव है।

जब मैं भारत का राष्ट्रपति था, तब 28 अगस्त, 2006 को 'लीड इंडिया-2020' आंदोलन से जुड़े आदिवासी छात्रों के एक समूह से मिला। मैंने उन सबसे एक सवाल पूछा, "आप क्या बनना चाहते हैं?" प्राप्त होनेवाली कई प्रतिक्रियाओं के बीच नौवीं कक्षा में पढ़नेवाला एक दृष्टिहीन लड़का खड़ा हुआ। उसका नाम श्रीकांत था और वह मुझसे बोला, "मैं भारत का प्रथम दृष्टिहीन राष्ट्रपति बनूँगा।" मैं उसकी दूरदृष्टि और महत्त्वाकांक्षा को देखकर बहुत प्रसन्न था। बेहद दृढ़ता के साथ मेरा मानना है कि छोटा लक्ष्य तय करना अपराध है। मैंने उसे बधाई दी और उसके स्वस्थ रहने की कामना की, ताकि वह अपनी सोच को पूरा कर सके और उसे इसके लिए कड़ी मेहनत करने को कहा।

उसने कड़ी मेहनत की और दसवीं की परीक्षा में 90 प्रतिशत तथा बारहवीं की परीक्षा में 96 प्रतिशत अंक प्राप्त किए। उसने एम.आई.टी., बोस्टन, अमेरिका में इंजीनियरिंग पढ़ने का लक्ष्य तय कर रखा था। उसके अथक प्रयासों ने न केवल उसके लिए वहाँ एक सीट सुरक्षित की, बल्कि वह संस्थान से पूरी छात्रवृत्ति पाने में भी सफल हुआ।

उसने कड़ी मेहनत की और दसवीं की परीक्षा में 90 प्रतिशत तथा बारहवीं की परीक्षा में 96 प्रतिशत अंक प्राप्त किए। उसने एम.आई.टी., बोस्टन, अमेरिका में इंजीनियरिंग पढ़ने का लक्ष्य तय कर रखा था। उसके अथक प्रयासों ने न केवल उसके लिए वहाँ एक सीट सुरक्षित की, बल्कि वह संस्थान से पूरी छात्रवृत्ति पाने में भी सफल हुआ। श्रीकांत की उपलब्धि ने कई लोगों को खुद के लिए महत्त्वाकांक्षी लक्ष्य निर्धारित करने के लिए प्रेरित किया है। 'लीड इंडिया-2020' के तहत उसने जो प्रशिक्षण प्राप्त किया, उसने उसे खुद के लिए एक उच्च लक्ष्य निर्धारित करने पर बल दिया। लीड इंडिया-2020 के प्रशिक्षण के इस प्रभाव को दृष्टिगत रखते हुए इस कार्यक्रम और जी.ई. के स्वयंसेवकों ने

श्रीकांत की अमेरिका की यात्रा को वित्त-पोषित किया। आज वे एम.आई.टी., बोस्टन में अपनी पढ़ाई कर रहे हैं। जी.ई. ने जब उन्हें प्रस्ताव दिया कि वे स्नातक की पढ़ाई पूरी होने के बाद उनके यहाँ नौकरी कर सकते हैं, तो उन्होंने कहा कि वे निश्चित ही जी.ई. में वापस आएँगे, लेकिन ऐसा तभी होगा, जब वे भारत का राष्ट्रपति बनने में असफल रहेंगे। इस लड़के के पास जीवन में मौजूद कठिनाइयों और चुनौतियों के बीच भी कितना आत्मविश्वास मौजूद है!

हाल ही में मुझे श्रीकांत और उनके उस शिक्षक से मिलने का अवसर मिला, जो उन्हें कोयंबटूर में तमिलनाडु सरकार और 'लीड इंडिया-2020' द्वारा आयोजित शारीरिक रूप से विकलांग छात्रों के एक कार्यक्रम में वार्त्तालाप के लिए लाए थे। वे बी.एस. कंप्यूटर साइंस एंड मैनेजमेंट में स्नातक की पढ़ाई के चौथे वर्ष में अध्ययनरत हैं।

हाल ही में मुझे श्रीकांत और उनके उस शिक्षक से मिलने का अवसर मिला, जो उन्हें कोयंबटूर में तमिलनाडु सरकार और 'लीड इंडिया-2020' द्वारा आयोजित शारीरिक रूप से विकलांग छात्रों के एक कार्यक्रम में वार्त्तालाप के लिए लाए थे। वे बी.एस. कंप्यूटर साइंस एंड मैनेजमेंट में स्नातक की पढ़ाई के चौथे वर्ष में अध्ययनरत हैं। चार वर्षों के भीतर ही उन्होंने बायो-डिग्रेडेबल सामग्रियों का उपयोग करके उपभोक्ता पैकेजिंग वस्तुओं का निर्माण करनेवाली एक कंपनी की शुरुआत की है। इसके अलावा, वे कई सामाजिक पहलों का भी हिस्सा रहे हैं, जो उन्होंने युवाओं को कौशल विकास का प्रशिक्षण देते समय प्रारंभ की थीं। उस बैठक में उन्होंने विकलांगता से पार पाते हुए चुनौतियों का सामना करने के लिए दिमाग को तेज और मजबूत इच्छा-शक्ति बनाए रखने को लेकर तात्कालिक भाषण दिया। संदेश यह है—"मेरे युवा साथियो, इस बात से कोई फर्क

नहीं पड़ता कि आप कौन हैं! अगर आपके पास उस दूरदृष्टि को पाने के लिए दृष्टि और दृढ़ संकल्प मौजूद है तो आप निश्चित रूप से ऐसा करने में सफल होंगे।"

यहाँ पर सुंदर मन का एक और उदाहरण है, जो रचनात्मक होने के साथ अदम्य भावना से भी परिपूर्ण है।

यह महाराष्ट्र के कोल्हापुर जिले के हराली गाँव में हुआ, जहाँ मैं विभिन्न स्कूलों से आए 2,000 से अधिक छात्रों से मिला। जब मैं अपना संबोधन और वार्त्तालाप खत्म करने के बाद मंच से नीचे उतरने ही वाला था, तभी लगभग 18 साल की उम्र का एक युवा लड़का, जिसे उसकी माँ ने अपनी बाँहों में उठाया हुआ था, मुझसे मिलने के लिए जोर से चिल्लाया। मैंने उन दोनों को मंच पर बुलाया। पोलियो से प्रभावित वह लड़का चल नहीं सकता था, लेकिन उसके पास बेहद मजबूत इच्छा-शक्ति थी। उसने मुझे बताया, "मेरा नाम शैलेश है और मैं इसी गाँव हराली का निवासी हूँ। आपने हमें एक सपना देखने के बारे में बताया है। मैं आपको यह बताने आया हूँ कि मेरा भी एक सपना है। मैं शतरंज का एक खिलाड़ी हूँ। मैं कड़ी मेहनत करूँगा और एक दिन ग्रैंडमास्टर बनकर रहूँगा।" मैंने शैलेश को शुभकामनाएँ दीं और कहा, "आप निश्चित ही सफल होंगे, क्योंकि ईश्वर आपके साथ है।" यह मेरा अटूट विश्वास और मेरे तमाम युवा साथियों को संदेश है कि इच्छा-शक्ति किसी भी परेशानी को हरा सकती है।

यह महाराष्ट्र के कोल्हापुर जिले के हराली गाँव में हुआ, जहाँ मैं विभिन्न स्कूलों से आए 2,000 से अधिक छात्रों से मिला। जब मैं अपना संबोधन और वार्त्तालाप खत्म करने के बाद मंच से नीचे उतरने ही वाला था, तभी लगभग 18 साल की उम्र का एक युवा लड़का, जिसे उसकी माँ ने अपनी बाँहों में उठाया हुआ था, मुझसे मिलने के लिए जोर से चिल्लाया।

प्रभावी होने के लिए सिर्फ छात्रों को ही नहीं, बल्कि शिक्षकों को भी रचनात्मक और नवीनता से परिपूर्ण मस्तिष्क का स्वामी होना चाहिए। शिक्षकों को नवीन विचारों के सूत्रधार के रूप में उभरकर सामने आना होगा और युवा मस्तिष्कों में जीवनपर्यंत नवीन सोच का निर्माण करना होगा। यह मुझे चिली के जीव-विज्ञानी मतुराना की एक कविता 'द स्टूडेंट्स प्रेयर' की याद दिलाता है।

द स्टूडेंट्स प्रेयर

मुझे दिखाओ, ताकि मैं खड़ा हो सकूँ
आपके कंधों पर।
अपने को प्रकट करो, ताकि मैं हो सकूँ
कुछ अलग।
जो आप जानते हैं, वह मुझ पर न थोपें।
मैं अज्ञात के बारे में पता लगाना चाहता हूँ
और जो मेरी स्वयं की खोजों का स्रोत हो।
मेरी पहचान मेरी आजादी से हो, मेरी गुलामी से नहीं।

(29 अप्रैल, 2015 को शेमफोर्ड स्कूल, देहरादून के छात्रों को दिए गए संबोधन और उनसे वार्त्तालाप के दौरान।)

□

विज्ञान आपको क्या दे सकता है ?

विज्ञान आपको बेहतर दृष्टि देता है, क्योंकि विज्ञान मानसिक सीमाओं को दूर कर सकता है और आपके मस्तिष्क को कई समस्याओं को हल करने के लिए चुनौती दे सकता है, जिन्होंने दुनिया को वर्षों से उलझाया हुआ है।

आविष्कार और खोज ऐसे मस्तिष्कों से उत्पन्न होते हैं, जो परिणाम की दिशा में निरंतर काम करते रहते हैं और उसकी छवि को गढ़ते हैं। निरंतर प्रयासों के चलते ब्रह्मांड की सभी ताकतें उस प्रेरित मस्तिष्क के लिए काम करने लगती हैं, जिससे आविष्कार या खोज संभव हो पाते हैं। इसीलिए, किसी भी देश में जितने अधिक रचनात्मक मस्तिष्क मौजूद होंगे, वह उतनी ही जल्दी एक विकसित देश में परिवर्तित होगा।

विज्ञान क्यों महत्त्वपूर्ण है ? विज्ञान आपको क्या दे सकता है ? और वह क्या है, जो किसी वैज्ञानिक को अद्वितीय बनाता है ?

साथियो, विज्ञान आपको बेहतर दृष्टि देता है, क्योंकि विज्ञान मानसिक सीमाओं को दूर कर सकता है और आपके मस्तिष्क को कई समस्याओं को हल करने के लिए चुनौती दे सकता है, जिन्होंने दुनिया को वर्षों से उलझाया हुआ है। हमारे अधिकांश मित्र, जो विज्ञान के क्षेत्र से संबंधित नहीं हैं, वे शायद समय को अधिकतम एक सेकंड के सौवें हिस्से तक ही विभाजित कर सकते हैं। लेकिन एक वैज्ञानिक समय को फेम्टोसेकंड (10–15 सेकंड) तक में विभाजित कर सकता है, जो एक त्वरित फोटोकेमिकल प्रक्रिया का निर्धारण कर सकता है। मैंने कुछ साल पहले हैदराबाद के मैक्सिविजन अस्पताल में एक फेम्टोसेकंड लेजर को देखा, जहाँ नजर का चश्मा हटाने के लिए बेहद सूक्ष्म नेत्र शल्य चिकित्सा की जा रही थी।

जब आप बीते हुए समय के बारे में सोचते हैं तो करीब 1,500 करोड़ वर्ष पूर्व बिग बैंग था और फिर करीब 380 करोड़ वर्ष पूर्व पृथ्वी पर जीवन का प्रारंभ हुआ। विज्ञान आपको कई ऐसे होशियार लोगों के मस्तिष्क के साथ जोड़ेगा, जो आपसे पहले यहाँ मौजूद थे और जो अब कुछ बेहद असाधारण शोध कर रहे हैं। यह आपको गुरुत्वाकर्षण बल की खोज करनेवाले सर

आइजक न्यूटन, सापेक्षता के सामान्य सिद्धांत की खोज करनेवाले अल्बर्ट आइंस्टीन, स्ट्रिंग सिद्धांत के संस्थापक स्टीफन हॉकिंग्स, रमन प्रभाव के खोजकर्ता सर सी.वी. रमन, चंद्र मिलिट की खोज करनेवाले चंद्रशेखर सुब्रह्मण्यन, संख्या सिद्धांत के बारे में सोचनेवाले श्रीनिवास रामानुजन और न्यूक्लिक एसिड्स की आणविक संरचना की खोज करने तथा जीवित सामग्री में सूचना हस्तांतरण के लिए इसके महत्त्व को सामने लानेवाले जेम्स डी. वॉटसन, फ्रांसिस क्रिक एवं मौरिस विल्किंस जैसे दिग्गजों द्वारा एकत्रित की गई जानकारी और शोधों का प्रयोग करने में मददगार साबित होता है।

विज्ञान चुनौतीपूर्ण समस्याओं का समाधान प्रस्तुत करता है। जगमगाती रोशनी से सुसज्जित बादलों वाले दक्षिणी आकाश को देखें। वह हमारी गैलेक्सी है। हम मिल्की वे से संबंध रखते हैं। आसमान में असंख्य तारे मौजूद हैं। हम एक छोटे से तारे से संबंध रखते हैं। हमारा तारा कौन है? हमारा सूर्य।

विज्ञान चुनौतीपूर्ण समस्याओं का समाधान प्रस्तुत करता है। जगमगाती रोशनी से सुसज्जित बादलों वाले दक्षिणी आकाश को देखें। वह हमारी गैलेक्सी है। हम मिल्की वे से संबंध रखते हैं। आसमान में असंख्य तारे मौजूद हैं। हम एक छोटे से तारे से संबंध रखते हैं। हमारा तारा कौन है? हमारा सूर्य।

सौर मंडल में कुल आठ ग्रह हैं। हमारे पृथ्वी ग्रह पर 6 अरब लोग और लाखों-लाख प्रजातियाँ मौजूद हैं। क्या आप सोच सकते हैं कि विज्ञान ने हमारे सामने क्या खुलासे किए हैं? हमारी आकाशगंगा, हमारा सूर्य और उसकी विशेषताओं की पहचान की जा चुकी है। सूर्य के संबंध में और आकाशगंगा में हमारा सटीक स्थान खोजा जा चुका है।

वैज्ञानिक खोजों का नतीजा क्या निकला है? हम जानते हैं कि पृथ्वी 24 घंटे अपनी धुरी पर घूमती है। हमें दिन और रात मिलते हैं। आपको पूर्णिमा की रात कैसे मिलती है? पृथ्वी का अपना एक उपग्रह चंद्रमा है, जो 29 दिनों में पृथ्वी के चारों ओर परिक्रमा करता है। और चंद्रमा चमकता कैसे है? क्या

आपने सोचा है कि हमें इतनी सुंदर रोशनी कैसे मिलती है ? हमें अमावस्या कैसे मिलती है ? आप सब यह जानते हैं, क्योंकि इसे खोजा जा चुका है। यह अंतरिक्ष में पृथ्वी, सूर्य और चंद्रमा की गतिशील चाल है, जो पूर्णिमा और अमावस्या को निर्धारित करती है।

पृथ्वी 365 दिनों में सूर्य की एक पूरी परिक्रमा लगाती है। सूर्य खुद हमारी आकाशगंगा की परिक्रमा करता है। ऐसा अनुमान लगाया जाता है कि सूर्य को आकाशगंगा की परिक्रमा लगाने में 25 करोड़ वर्षों का समय लगता है। तमाम खगोलीय खोजें विज्ञान के चलते ही संभव हो पाई हैं।

पृथ्वी 365 दिनों में सूर्य की एक पूरी परिक्रमा लगाती है। सूर्य खुद हमारी आकाशगंगा की परिक्रमा करता है। ऐसा अनुमान लगाया जाता है कि सूर्य को आकाशगंगा की परिक्रमा लगाने में 25 करोड़ वर्षों का समय लगता है। तमाम खगोलीय खोजें विज्ञान के चलते ही संभव हो पाई हैं।

अब हम दी गई इस पृथ्वी की देखभाल करने के महत्त्व पर आते हैं। आपने पौधों में प्रकाश संश्लेषण की प्रक्रिया के बारे में पुस्तकों में पढ़ा होगा और अपने शिक्षकों से भी सीखा होगा। 'जब सूरज चमकता है तो पेड़ इलेक्ट्रॉन और प्रोटोन पाने के लिए पानी को तोड़ते हैं और फिर इन कणों का उपयोग कार्बन डाइ-ऑक्साइड को ग्लूकोज में बदलने और अपशिष्ट उत्पाद के रूप में ऑक्सीजन को बाहर निकालने के लिए करते हैं।' प्रत्येक परिपक्व पेड़ एक साल में 20 कि.ग्रा. कार्बन डाइ-ऑक्साइड को अवशोषित करता है और लकड़ी में परिवर्तित करता है तथा पेड़ों की शाखाओं को सुदृढ़ बनाता है। इसी के साथ यह 14 कि.ग्रा. ऑक्सीजन को भी वातावरण में छोड़ता है।

भारतीय वन कार्बन डाइ-ऑक्साइड को घटानेवाले एक प्रमुख कारक हैं। हमारे अनुमान बताते हैं कि भारतीय वनों और वृक्ष-फैलाव से हटाई जानेवाली कार्बन डाइ-ऑक्साइड की मात्रा भारत के कुल ग्रीनहाउस गैस उत्सर्जन के 11.25 प्रतिशत को बेअसर करने के लिए काफी है। यह आवासीय और

परिवहन क्षेत्रों से होनेवाली 100 प्रतिशत उत्सर्जन या फिर कृषि क्षेत्र के कुल उत्सर्जन के 40 प्रतिशत के बराबर है। (स्रोत : पर्यावरण एवं वन मंत्रालय द्वारा इंडिया फॉरेस्ट एंड ट्री कवर कॉण्ट्रीब्यूशन एंड कार्बन सिंक)

इस क्षमता में और अधिक वृद्धि करने के लिए हमें वन विभाग द्वारा प्रतिवर्ष किए जानेवाले वृक्षारोपण के साथ-साथ वृक्ष-फैलाव को भी बढ़ाए जाने की आवश्यकता है। मैं अपने प्रत्येक युवा साथी से इस शपथ को लेने का आग्रह करता हूँ—"मैं 10 पेड़ लगाऊँगा और उनकी देखभाल सुनिश्चित करूँगा।" इस अनोखे योगदान के लिए पृथ्वी सदैव आपकी आभारी रहेगी।

(24 अप्रैल, 2015 को गुजरात के अंकलेश्वर में विज्ञान प्रदर्शनी के उद्घाटन के अवसर पर दिया गया उद्बोधन।)

□

3 अरब लोगों का सशक्तीकरण

जब आप किसी महान् उद्देश्य, किसी असाधारण परियोजना से प्रेरित होते हैं तो आपके सभी विचार उनके बंधनों को तोड़ देते हैं।

साथियो, उत्कृष्टता संयोग से नहीं मिलती। यह एक ऐसी प्रक्रिया है, जिसमें कोई व्यक्ति (अथवा संगठन या देश) निरंतर खुद को बेहतर बनाने का प्रयास करता है। वे अपने सपनों को पूरा करने की दिशा में आगे बढ़ते हुए खुद ही प्रदर्शन के मानकों को निर्धारित करते हैं। वे अपने सपनों पर ध्यान केंद्रित करके काम करते हैं, परिकलित जोखिमों को लेने को तैयार रहते हैं और राह में आनेवाली असफलताओं से निराश नहीं होते हैं। इसके बाद जैसे-जैसे वे अपने लक्ष्यों की दिशा में आगे बढ़ते हैं, वे अपने सपनों के साथ आगे बढ़ते हैं। वे अपनी पूरी क्षमता के साथ काम करने का प्रयास करते हैं और इस प्रक्रिया में वे अपने प्रदर्शन के स्तर को बढ़ाते हैं, जिससे उनकी क्षमता और अधिक बढ़ जाती है। और यह एक अंतहीन चक्र है।

मेरा अपना व्यक्तिगत अनुभव है कि शिक्षक सिर्फ परीक्षा उत्तीर्ण करने के लिए ही पाठ्यक्रम आधारित ज्ञान उपलब्ध नहीं करवाते हैं। वे जीवन के लक्ष्यों को गति प्रदान करते हैं। वे एक नीति के लिए छात्रों का मार्गदर्शन भी करते हैं।

आप में से कइयों ने 28 मार्च, 2015 के चौथे भारतीय क्षेत्रीय नेविगेशन सैटेलाइट, आई.आर.एन.एस.एस.-1डी के सटीक लॉन्च के बारे में सुना होगा, जो ध्रुवीय उपग्रह लॉन्च वेहिकल, पी.एस.एल.वी.-सी. 27 का लगातार अट्ठाईसवाँ सफल मिशन था। कुछ हफ्तों में यह उपग्रह अपने तीन पूर्ववर्तियों के साथ भारत की एक स्वतंत्र क्षेत्रीय उपग्रह प्रणाली की रीढ़ बनेगा। यह भारत में मौजूद उपयोगकर्ताओं के साथ-साथ अपनी सीमा से 1,500 कि.मी. दूर तक फैले हुए आसपास के क्षेत्र में सटीक पोजीशन सूचना सेवा प्रदान करेगा।

इसके अलावा, मैं 18 दिसंबर, 2014 को घटित हुई एक महत्त्वपूर्ण घटना का उल्लेख भी करना चाहूँगा। यह इसरो की न्यू जेनरेशन लॉञ्च वाहन जी.एस.एल.वी. मार्क-3 का सबऑर्बिटल प्रायोगिक मिशन था। इस प्रायोगिक मिशन में नए वाहन के बेहद महत्त्वपूर्ण वायुमंडलीय आरोहण को परखा गया था। इसके अलावा, इसने 126 किलोमीटर की ऊँचाई पर क्रू मॉडल 'केयर' (CARE क्रू एटमोस्फियरिक री-एंट्री एक्सपेरिमेंट) को भी इंजेक्ट किया। इसके बाद क्रू मॉड्यूल को संचालन के जरिए बंगाल की खाड़ी से सफलतापूर्वक रिकवर कर लिया गया। यह मिशन आनेवाले कुछ वर्षों में न्यू जेनरेशन लॉञ्च वाहन और मानव स्पेस मिशनों के लिए भारतीय क्षमता विकसित करने के प्रारंभिक चरणों के लिए मार्ग प्रशस्त करता है। आप में से कुछ लोगों के सपने उड़ने के हो सकते हैं और आप हमारे देश में और बाकी जगहों पर हो रहे ऐसे घटनाक्रमों का अनुसरण कर रहे होंगे। हो सकता है कि आप अपनी रुचियों के आधार पर ऊर्जा, जल, कृषि, बुनियादी ढाँचे के विकास, सामाजिक उद्यमिता में मानव प्रयासों के अन्य क्षेत्रों के विकास से अनजान रह सकते हैं।

इसके अलावा, मैं 18 दिसंबर, 2014 को घटित हुई एक महत्त्वपूर्ण घटना का उल्लेख भी करना चाहूँगा। यह इसरो की न्यू जेनरेशन लॉञ्च वाहन जी.एस.एल.वी. मार्क-3 का सबऑर्बिटल प्रायोगिक मिशन था। इस प्रायोगिक मिशन में नए वाहन के बेहद महत्त्वपूर्ण वायुमंडलीय आरोहण को परखा गया था।

भविष्य की प्रौद्योगिकियों के बारे में उत्कृष्टता और जिज्ञासा को सक्रिय कॉलेजों द्वारा बढ़ावा दिया जा सकता है। ऐसे संस्थानों के आठ पहलू या विशेषताएँ निम्नलिखित हैं—

1. एक कॉलेज, जो शिक्षकों की शिक्षण क्षमता और छात्रों को किस प्रकार से शिक्षकों के साथ चलने के लिए प्रोत्साहित किया जाता है,

के जरिए महानता को बिखेरता है।

2. एक कॉलेज महान् है, क्योंकि वह पुस्तकालय, इंटरनेट, इ-लर्निंग और रचनात्मक प्रयोगशालाओं के साथ सीखने के माहौल को सँजोता है।
3. एक कॉलेज महान् है, क्योंकि यह आत्मविश्वास से परिपूर्ण ऐसे छात्रों को तैयार और उत्पन्न करता है, जो यह महसूस करें कि 'मैं यह कर सकता हूँ', जो बदले में एक टीम-भावना पैदा करता है, जो कहती है, 'हम यह करेंगे' और 'भारत यह करेगा'।
4. एक कॉलेज, जो छात्रों के बीच बहुमुखी सीखने को बढ़ावा देता है। छात्र महान् शिक्षकों की खोजों और कार्यों से सीखते और लाभ उठाते हैं।
5. एक कॉलेज महान् है, क्योंकि इसमें ऐसे शिक्षक होते हैं, जो पवित्रता के साथ जीवन जीने का एक अनोखा तरीका अपनाते हैं और छात्रों के लिए आदर्श बन जाते हैं तथा उन्हें प्रबुद्ध नागरिक के रूप में विकसित करते हैं।
6. एक कॉलेज महान् है, क्योंकि इसमें सभी छात्रों को सफल होने की शिक्षा देने की क्षमता है।
7. एक कॉलेज, जो सभी छात्रों के बीच रचनात्मकता पैदा करता है, चाहे वह कला या विज्ञान स्ट्रीम से ही संबंधित क्यों न हों।
8. एक कॉलेज महान् होता है, जब पूर्व छात्र इस बात पर गर्व करें कि वे इस कॉलेज से जुड़े रहे हैं।

एक कॉलेज महान् है, क्योंकि यह आत्मविश्वास से परिपूर्ण ऐसे छात्रों को तैयार और उत्पन्न करता है, जो यह महसूस करें कि 'मैं यह कर सकता हूँ', जो बदले में एक टीम-भावना पैदा करता है, जो कहती है, 'हम यह करेंगे' और 'भारत यह करेगा'।

दुनिया की 3 अरब आबादी को सशक्त बनाने की चुनौती के कई आयाम हैं। आइए, हम उन चार प्रमुख रुझानों के बारे में चर्चा करते हैं, जो उभरकर सामने आएँगे और जिन्हें संबोधित किए जाने की आवश्यकता है—

1. **नवीन उपभोग—**अगर विकास और उन्नति वैश्विक आबादी तक पहुँच जाते हैं तो ऐसा होने से उपभोग के पैटर्न में एक बड़ा बदलाव देखने को मिलेगा, जिसके परिणामस्वरूप ऐसे नए उत्पादों की माँग में वृद्धि होगी, जिससे अभी आधी मानवता अनजान ही है। उदाहरण के लिए, मौजूदा समय में भारत के लिए प्रति उपभोक्ता व्यय 800 डॉलर, चीन के लिए 1,500 डॉलर और ब्राजील के लिए 6,000 डॉलर है। अमेरिका के लिए यही आँकड़ा 35,000 डॉलर प्रति व्यक्ति और यू.के. के लिए करीब 22,000 डॉलर प्रति व्यक्ति है। इसके आगे यह भी अनुमान लगाया गया है कि उभरती हुई अर्थव्यवस्थाओं में वर्ष 2009 में पैदा हुआ व्यक्ति सन् 1979 में पैदा हुए व्यक्ति की तुलना में वास्तविक रूप से 35 गुना अधिक उपभोग करेगा। इसके चलते उत्पादों और सेवाओं की एक बिल्कुल नई श्रेणी को तैयार करना बाध्यता तो लाएगा, जो स्थानीय आवश्यकताओं के अनुरूप हो और संबंधित एवं बहुराष्ट्रीय कंपनियों को छोटे, लेकिन स्थानीय खिलाड़ियों से कड़ी प्रतिस्पर्धा का सामना करना पड़ेगा। इसमें शिक्षा और स्वास्थ्य जैसे मानव विकास क्षेत्र भी शामिल होंगे, जिनमें हम पहले ही दूरस्थ शिक्षा, गैर-संज्ञानात्मक क्षमताओं और जेनेरिक दवाओं के उदय को देख रहे हैं।

   3 अरब का सशक्तीकरण नवीन होना चाहिए, जो स्थानीय संदर्भों और समुदायों के अनुरूप हो।

2. **ऊर्जा—**विकास ऊर्जा का एक स्पष्ट प्रकार्य है और जैसे-जैसे समाजों का विकास होगा, उनकी ऊर्जा की माँग में बढ़ोतरी होनी तय है। वर्ष 2030 तक ऊर्जा की वैश्विक माँग के 44 प्रतिशत

तक बढ़ जाने की आशंका है। भारत की अपनी ऊर्जा की खपत के 600 GW से ऊपर पहुँचने की संभावना है; जबकि चीन के वर्ष 2030 तक 1,600 GW से अधिक की खपत की संभावना है। इसे पूरा करने के लिए जीवाश्म ईंधन, जिनमें कोयला और पेट्रोलियम शामिल हैं, जैसे कम होते प्राकृतिक संसाधनों के सहारे पूरा किया जाएगा। अब सारा जोर परमाणु, विशेष रूप से थोरियम, पवन, सौर, भू-तापीय, हाइड्रोजन ईंधन, जैव-ईंधन और ज्वारीय शक्ति जैसे नवीन स्रोतों की ओर स्थानांतरित करना होगा। वैश्विक समाजों को यह जानने की आवश्यकता है कि बीते हुए समय के ऊर्जा स्रोत भविष्य में काम नहीं करेंगे।

> *यह एक स्थापित तथ्य है कि मौजूदा विकसित समाजों के तरीके पृथ्वी ग्रह के लिए अरक्षणीय नहीं हैं। वास्तव में, हमारे अनुमान संकेत देते हैं कि अगर सभी 3 अरब वंचितों को उसी स्तर पर रहने के लिए लाया जाता है, जिस पर फिलहाल विकसित समाज रह रहे हैं तो हमें आवश्यक संसाधनों की पूर्ति करने और उत्पन्न हुए कचरे को अवशोषित करने के लिए करीब छह नए पृथ्वी ग्रहों की आवश्यकता होगी।*

3 अरब लोगों के सशक्तीकरण के लिए वैश्विक ऊर्जा माँग को पूरा करने के लिए नए रास्ते तलाशने की आवश्यकता है।

3. **पर्यावरण**—यह एक स्थापित तथ्य है कि मौजूदा विकसित समाजों के तरीके पृथ्वी ग्रह के लिए अरक्षणीय नहीं हैं। वास्तव में, हमारे अनुमान संकेत देते हैं कि अगर सभी 3 अरब वंचितों को उसी स्तर पर रहने के लिए लाया जाता है, जिस पर फिलहाल विकसित समाज

रह रहे हैं तो हमें आवश्यक संसाधनों की पूर्ति करने और उत्पन्न हुए कचरे को अवशोषित करने के लिए करीब छह नए पृथ्वी ग्रहों की आवश्यकता होगी।

यहाँ तक कि आज भी हम प्रतिदिन वातावरण में 30 अरब टन से अधिक कार्बन डाइ-ऑक्साइड का उत्सर्जन कर रहे हैं। उम्मीद यह है कि अगर मौजूदा रुझान जारी रहता है तो वर्ष 2030 तक धरती को इतना नुकसान पहुँच चुका होगा, जिसकी पूर्ति करना असंभव होगा।

3 अरब लोगों के सशक्तीकरण के लिए पर्यावरण पर पड़नेवाले प्रभाव के प्रति सचेत होने की जरूरत है।

4. **सामाजिक संघर्ष**—बढ़ते आर्थिक फासले, कट्टरवाद, संसाधनों की खोज या फिर ऐतिहासिक मतभेद के चलते द्वितीय विश्व युद्ध के बाद वैश्विक संघर्षों में निरंतर वृद्धि हुई है। एक तरफ जहाँ वर्ष 1946 के बाद से अंतर-राज्य संघर्षों की संख्या अपेक्षाकृत स्थिर रही है, वहीं दूसरी तरफ नागरिक संघर्षों में लगभग तीन गुना की वृद्धि दर्ज की गई है, जिसमें बड़ी संख्या में संसाधनों का उपभोग हुआ है और जीवन को बड़ा नुकसान पहुँचा है, विशेषकर विकासशील दुनिया में। दुनिया के 300 सबसे अमीर लोग निचले पायदान वाले 3 अरब लोगों के पास मौजूद संपदा से अधिक के मालिक हैं। अवसर में समानता, सभी के लिए बुनियादी मानव विकास और स्थानीय स्तर पर संघर्ष समाधान तंत्र समय की आवश्यकता है।

3 अरब लोगों के सशक्तीकरण के लिए सिर्फ न्यायसंगत होने और सभी के लिए अवसर पैदा करने की आवश्यकता है।

मुझे महर्षि पतंजलि को याद करने दें, जिन्होंने 2,500 साल पहले कहा था, "जब आप किसी असाधारण उद्देश्य, किसी असाधारण परियोजना से प्रेरित होते हैं तो आपके सभी विचार अपनी सीमाओं

के बंधनों को तोड़ देते हैं। आपका मस्तिष्क सीमाओं के आगे जाता है, आपकी चेतना हर दिशा में फैलती है और आप स्वयं को एक नई, असाधारण और अद्‍भुत दुनिया में पाते हैं। निष्क्रिय बल, आंतरिक शक्ति एवं प्रतिभा जीवंत हो उठते हैं और आपको यह पता चलता है कि आपने अपने आप के बारे में जितना सोचा था, आप उससे कहीं अधिक बड़े व्यक्ति हैं।"

(30 मार्च, 2015 को बेंगलुरु के विजया कॉलेज में दिए गए संबोधन से।)

□

परिवर्तन के वाहक बनें

आपने अपने आप के बारे में जितना सोचा था,
आप उससे कहीं अधिक बड़े व्यक्ति हैं।

प्रिय साथियो, मैं दृढ़तापूर्वक मानता हूँ कि आज के किसी भी युवा को भविष्य को लेकर चिंतित होने की आवश्यकता नहीं है। क्यों? युवाओं का तेजस्वी मन पृथ्वी का सबसे शक्तिशाली संसाधन है।

मैं आपको ऐसे लोगों के कुछ उदाहरण देता हूँ, जिन्होंने अपने जीवन में बदलाव किया और सच्चे तेजस्वी मन बन गए।

मुझे एक बिल्कुल ही अनोखा अनुभव तब हुआ, जब मैं 7 जनवरी, 2011 को मीनाक्षी मिशन अस्पताल में पीडिएट्रिक ऑनकोलॉजी कैंसर यूनिट का उद्घाटन करने के लिए मदुरै गया। मेरे काम पूरा कर लेने के बाद भीड़ में से निकलकर एक व्यक्ति अचानक मेरे सामने आया और मुझे उसका चेहरा जाना-पहचाना लगा। जब वह अधिक नजदीक आया, तब मुझे पता चला कि वह वर्ष 1982 से 1992 के दौरान मेरा ड्राइवर हुआ करता था, जब मैं हैदराबाद में रक्षा अनुसंधान एवं विकास प्रयोगशाला (डी.आर.डी.एल.) का निदेशक था। उसका नाम वी. कथिरेसन था और उसने उन दस वर्षों के दौरान मेरे साथ दिन-रात काम किया था। मैंने उस समय ध्यान दिया कि वह कार में प्रतीक्षा करने के दौरान हमेशा कोई-न-कोई पुस्तक, अखबार या जर्नल पढ़ रहा होता था। उसके उस समर्पण ने मेरा ध्यान खींचा और मैंने उससे एक सवाल पूछा, "आप अपने खाली समय में पढ़ते क्यों हैं?" उसने जवाब दिया कि उसके बच्चे उससे ढेर सारे सवाल पूछते रहते हैं। चूँकि कई बार ऐसा भी होता था कि उसके पास उनके सवालों का जवाब नहीं होता था, इसलिए वह उन्हें श्रेष्ठ उत्तर देने के लिए जब भी मौका मिले, कुछ-न-कुछ पढ़ता था। उसकी सीखने की भावना ने मुझे बेहद प्रभावित किया और मैंने उसे पत्राचार के जरिए औपचारिक

रूप से शिक्षा लेने को कहा और उसे कुछ खाली समय भी दिया, ताकि वह पाठ्यक्रम में भाग लेकर अपनी बारहवीं की शिक्षा पूरी कर सके और फिर उच्च शिक्षा के लिए आवेदन करने में सक्षम हो जाए। उसने इसे एक चुनौती के रूप में लिया और पढ़ाई जारी रखते हुए अपनी शैक्षणिक योग्यता में इजाफा किया। उसने बी.ए. (इतिहास), फिर उसके बाद एम.ए. (इतिहास) किया और फिर एम.ए. (राजनीति विज्ञान) किया और बी.एड. तथा फिर एम.एड. की पढ़ाई पूरी की। उसने सन् 1992 तक मेरे साथ काम किया। इसके बाद उसने डॉक्टरेट की पढ़ाई के लिए पंजीकरण कराया और उसे 2001 में पी-एच.डी. की उपाधि मिली। उसने तमिलनाडु सरकार के शिक्षा विभाग में नौकरी कर ली और कई वर्षों तक वहाँ काम किया। वर्ष 2010 में वह मदुरै के पास मेल्लूर स्थित गवर्नमेंट आर्ट्स कॉलेज में सहायक प्रोफेसर के पद पर नियुक्त हुआ।

जब मुझे यू.पी.एम.एस. स्कूल, कोविलपट्टी के छात्रों को संबोधित करने के लिए आमंत्रित किया गया तो मैं एक बार फिर प्रो. कथिरेसन से मिला, जो मंच पर बैठे थे। मैंने सभा को प्रो. कथिरेसन का परिचय दिया और उन्हें बताया कि कैसे उनके उसी शहर के मूल निवासी ने खुद को बदला, डॉक्टरेट की उपाधि प्राप्त की है और दो दशकों की कड़ी मेहनत के बाद एक कॉलेज में पढ़ा रहे हैं।

जब मुझे यू.पी.एम.एस. स्कूल, कोविलपट्टी के छात्रों को संबोधित करने के लिए आमंत्रित किया गया तो मैं एक बार फिर प्रो. कथिरेसन से मिला, जो मंच पर बैठे थे। मैंने सभा को प्रो. कथिरेसन का परिचय दिया और उन्हें बताया कि कैसे उनके उसी शहर के मूल निवासी ने खुद को बदला, डॉक्टरेट की उपाधि प्राप्त की है और दो दशकों की कड़ी मेहनत के बाद एक कॉलेज में पढ़ा रहे हैं। इस घटना से वहाँ मौजूद युवा दर्शकों में खुशी की लहर फैल गई।

साथियो, मैं एक दृश्य की कल्पना करता हूँ। एक स्कूल, जिसमें लगभग 50 शिक्षक और 750 छात्र हैं। यह एक खूबसूरत जगह है, जो रचनात्मकता और सीखने को बढ़ावा देने के लिए है। ऐसा कैसे संभव है? ऐसा इसलिए संभव हो पाया, क्योंकि विद्यालय प्रबंधन और प्रधानाचार्य ने ऐसे शिक्षकों को चुना है, जिन्हें अध्यापन से प्रेम है और जो छात्रों के साथ अपने बच्चों या नाती-पोतों जैसा व्यवहार करते हैं। बच्चे भी अपने शिक्षकों को प्रेरणास्रोत के रूप में देखते हैं—सिर्फ शिक्षण में ही नहीं, बल्कि वे अपना जीवन कैसे जीते हैं। इस सबके अलावा, मैं एक ऐसा माहौल भी देखता हूँ, जिसमें अच्छे, औसत या खराब छात्र विद्यार्थी जैसा कुछ नहीं है। पूरा स्कूल और शिक्षक प्रणाली सर्वश्रेष्ठ प्रदर्शन करनेवाले छात्रों को तैयार करने में शामिल होते हैं। और इस सबसे बढ़कर, एक शिक्षक की कक्षा और स्कूल के बाहर के जीवन के आधार पर शिक्षक की क्या विशेषता होनी चाहिए? जब एक अच्छा शिक्षक उनके साथ चले तो छात्रों को ज्ञान की गरमाहट महसूस होनी चाहिए और उनके जीवन की शुद्धता उनसे फूटनी चाहिए। एक बच्चा जैसे-जैसे किशोरावस्था और फिर युवावस्था की ओर बढ़ता है, उसका लापरवाह रवैया धीरे-धीरे कई दबावों के घेरे में आ जाता है। मैं अपनी शिक्षा पूरी होने के बाद क्या करूँगा? क्या मुझे उचित रोजगार मिलेगा?

मैं एक दृश्य की कल्पना करता हूँ। एक स्कूल, जिसमें लगभग 50 शिक्षक और 750 छात्र हैं। यह एक खूबसूरत जगह है, जो रचनात्मकता और सीखने को बढ़ावा देने के लिए है। ऐसा कैसे संभव है? ऐसा इसलिए संभव हो पाया, क्योंकि विद्यालय प्रबंधन और प्रधानाचार्य ने ऐसे शिक्षकों को चुना है…

शिक्षकों और माता-पिता को अपने चेहरे पर आनेवाली उस सुखद मुसकान को भी संरक्षित करना चाहिए, जो स्कूल पास करने पर उनके चेहरे पर आती है। छात्रों को यह विश्वास होना चाहिए कि 'मैं यह कर सकता हूँ।'

उसके पास आत्मसम्मान और रोजगार पैदा करने की क्षमता मौजूद होनी चाहिए। यह परिवर्तन केवल उस शिक्षक द्वारा लाया जा सकता है, जिसके पास बदलाव लानेवाली दृष्टि मौजूद हो।

मुझे हमेशा से कक्षा में बैठना पसंद रहा है। मैं जब भी भारत या फिर विदेश में किसी स्कूल या कॉलेज का दौरा करता हूँ तो यह देखना पसंद करता हूँ कि शिक्षक कक्षा में कैसे पढ़ाते हैं और छात्र कक्षा में संवाद कैसे करते हैं। हाल ही में मैं आंध्र प्रदेश में एक एकाध्यापक विद्यालय कक्षा में था। उस स्कूल में सिर्फ पाँचवीं तक की कक्षाएँ थीं। मैं छात्रों के बीच था और शिक्षक पढ़ा रहे थे। बच्चे कितने खुश थे! शिक्षक युवा छात्रों को बता रहे थे, "प्रिय बच्चो, आप पूर्णिमा देखते हैं और आसमान का एक सुंदर दृश्य आपके चेहरे पर मुसकराहट और आनंद लाता है। याद रखिए, आपके मुसकराने के साथ ही परिवार भी मुसकराता है। आप में से कितने लोग अपने माता-पिता को प्रसन्न रखते हैं?" पूरी कक्षा ने अपने हाथ ऊपर उठा दिए। उन्होंने कहा कि वे ऐसा ही करेंगे। मैंने भी छात्रों के साथ अपना हाथ उठाया।

मुझे हमेशा से कक्षा में बैठना पसंद रहा है। मैं जब भी भारत या फिर विदेश में किसी स्कूल या कॉलेज का दौरा करता हूँ तो यह देखना पसंद करता हूँ कि शिक्षक कक्षा में कैसे पढ़ाते हैं और छात्र कक्षा में संवाद कैसे करते हैं।

एक और अनुभव मेरी यू.ए.ई. की यात्रा के दौरान का है। मैंने दुबई में एक भारतीय विद्यालय का उद्घाटन किया। उद्घाटन समारोह की तैयारियों के दौरान मैं स्कूल में इधर-उधर घूम रहा था। मैंने उन कक्षाओं का दौरा किया, जिनमें कक्षा पाँच और छह के छात्रों को पढ़ाया जा रहा था। जैसे ही शिक्षक ने मुझे देखा, उन्होंने मुझसे कक्षा लेने का आग्रह किया। इसलिए मैंने छात्रों पर सबक का बोझ लादने के बजाय उनके साथ संवाद करना प्रारंभ किया। मैंने उनसे पूछा कि हमारे सौर मंडल में कितने ग्रह हैं? कई बच्चों ने हाथ उठाए।

एक लड़की ने कहा, "कुल नौ ग्रह हैं।" जबकि कुछ छात्रों ने कहा कि आठ ग्रह हैं। मैंने उन्हें बताया कि आठ ग्रह सही जवाब है, क्योंकि नौवें ग्रह प्लूटो को ग्रहों की सूची से हटा दिया गया है; क्योंकि वह आकार, वजन और कक्षीय गति में एक ग्रह के मानदंडों को पूरा नहीं करता है। मैंने पूछा, "हमारा ग्रह कौन सा है, बताइए?" कई बच्चों ने एक साथ जवाब दिया, "पृथ्वी।" इसके बाद मैंने पूछा, "पृथ्वी के बारे में कौन बात करेगा?" कक्षा के एक बटा छह बच्चे खड़े हो गए और जवाब दिया, "हमारी पृथ्वी अपनी धुरी पर घूमती है।" कई छात्रों ने कहा, "एक परिक्रमा में 24 घंटों का समय लगता है और इसी के चलते हमें दिन-रात मिलते हैं।" मैं सौर मंडल से संबंधित बच्चों की जानकारी को देखकर काफी प्रसन्न था। इसके बाद मैंने कक्षा से पूछा, "पृथ्वी क्या करती है?" और पूरी कक्षा में सन्नाटा छा गया। पाँचवीं कक्षा का एक छात्र दोबारा बोला, "पृथ्वी सूर्य के चारों ओर परिक्रमा करती है।"

"हमारा सूर्य हमारी आकाशगंगा की परिक्रमा में कितना समय लगाता है?" कोई जवाब नहीं। मैं जानता हूँ कि इसका जवाब मुश्किल है। मैंने जवाब दिया, "20 करोड़ वर्ष।" बच्चे आश्चर्यचकित रह गए। मैं कक्षा से काफी प्रभावित हुआ और मैंने उनका अभिवादन किया तथा वहाँ से रवाना हुआ।

"एक परिक्रमा को पूरा करने में कितना समय लगता है?" कई हाथ एक साथ ऊपर उठे और बोले, "365 दिन।"

"हमारा सूर्य किस आकाशगंगा से संबद्ध है?" सिर्फ एक लड़के ने जवाब दिया, "मिल्की वे।"

"हमारा सूर्य हमारी आकाशगंगा की परिक्रमा में कितना समय लगाता है?" कोई जवाब नहीं। मैं जानता हूँ कि इसका जवाब मुश्किल है। मैंने जवाब दिया, "20 करोड़ वर्ष।" बच्चे आश्चर्यचकित रह गए। मैं कक्षा से काफी प्रभावित हुआ और मैंने उनका अभिवादन किया तथा वहाँ से रवाना हुआ।

मैं आपको यह दिखाने के लिए यह उदाहरण दे रहा हूँ कि कैसे छात्रों को उनका आत्मविश्वास बढ़ाने के लिए प्रेरित किया जा सकता है। मुझे पूरा यकीन है कि शिक्षक विभिन्न तरीकों को अपनाकर कक्षा को सक्रिय और रचनात्मक बना सकते हैं, ताकि छात्रों के बीच रुचि को निरंतर बढ़ाया जा सके।

(22 फरवरी, 2015 को आर्यनद, तिरुवनंतपुरम के विला नाजरेथ इंग्लिश मीडियम स्कूल एवं अन्य स्कूलों के संबोधन और 20 मार्च, 2015 को सी.आर.पी.एफ. पब्लिक स्कूल, हकीमपेट, तेलंगाना के छात्रों के साथ संवाद के दौरान।)

□

उत्कृष्टता के प्रयास

उत्कृष्टता संयोग से नहीं होती है। यह एक प्रक्रिया है।

रचनात्मकता सुंदर मन से आती है। रचनात्मक मन में मौजूदा विचारों के संयोजन, परिवर्तन या पुन: उपयोग करके कुछ नई कल्पना या आविष्कार करने की क्षमता होती है। एक रचनात्मक व्यक्ति उसे सुधारने के तरीकों को खोजते हुए परिवर्तनों और विचारों के साथ खेलने की संभावनाओं को स्वीकार करता है। उसके दृष्टिकोण में एक लचीलापन होता है और उसमें अच्छे का आनंद लेने की एक आदत मौजूद होती है। रचनात्मकता का महत्त्वपूर्ण पहलू एक ही चीज को बिल्कुल वैसे ही देखता है, जैसे दूसरे देखते हैं; लेकिन कुछ अलग तरीके से सोचते हुए। नवाचार और रचनात्मकता की परिणति अंतत: उत्कृष्टता की संस्कृति में होती है। सोच में उत्कृष्टता और कर्म किसी भी मिशन की नींव है। उत्कृष्टता क्या है ?

साथियो, आप सभी युवा पीढ़ी से संबंध रखते हैं, जिसे उत्कृष्टता की संस्कृति के लिए खड़ा होना चाहिए। इसके अलावा, उत्कृष्टता संयोग से नहीं मिलती है। यह एक प्रक्रिया है, जिसमें कोई व्यक्ति या संगठन अथवा राष्ट्र निरंतर स्वयं को बेहतर बनाने का प्रयास करते हैं।

कुछ समय पूर्व मैंने एक लेख पढ़ा, जो वर्ष 2014 में विज्ञान की शीर्ष उन्नति से संबंधित था। मेरे सामने कई उदाहरण आए और उनमें से अधिकांश मानव स्वास्थ्य, शिक्षा, सुरक्षा एवं ऊर्जा को सीधे तौर पर लाभ पहुँचाने वाले थे। मैं आपके साथ ऐसी तीन सफलताओं को साझा करना चाहता हूँ।

हम मानव भ्रूण स्टेम सेल प्रौद्योगिकियों का उपयोग करते हुए मधुमेह का इलाज खोजने के बहुत करीब हैं।

जैसाकि आप सब जानते हैं, अग्न्याशय में बीटा कोशिकाएँ इंसुलिन का

उत्पादन करती हैं और इन कोशिकाओं के विनाश के कारण टाइप-1 मधुमेह होता है। लेकिन भ्रूण स्टेम कोशिकाओं को बीटा कोशिकाओं में बदलने के तमाम प्रयास अब तक निराशाजनक रूप से धीमे रहे हैं। वर्ष 2014 में दो अध्ययनों से पता चला कि शरीर में बीटा कोशिकाओं को बदलने के लिए दो महीने से भी कम समय में पर्याप्त बीटा कोशिकाओं का उत्पादन किया जा सकता है। हालाँकि इसका कारण तलाशा जाना बहुत आवश्यक है कि उपयोग किए जाने से पहले शरीर में बीटा कोशिकाओं की मृत्यु क्यों होती है ? लेकिन वैज्ञानिकों को भरोसा है कि हम जल्द ही मधुमेह का स्थायी इलाज ढूँढ़ लेंगे।

> ***मैं आपके साथ एक और घटना की चर्चा करता हूँ, जो अंतरिक्ष विज्ञान और कर्षण रॉकेट्री प्रौद्योगिकियों के बीच का एक अभिसरण है। वर्ष 2014 में मानव जाति के इतिहास में पहली बार एक मानव-निर्मित वस्तु धूमकेतु पर उतरा।***

मैं आपके साथ एक और घटना की चर्चा करता हूँ, जो अंतरिक्ष विज्ञान और कर्षण रॉकेट्री प्रौद्योगिकियों के बीच का एक अभिसरण है। वर्ष 2014 में मानव जाति के इतिहास में पहली बार एक मानव-निर्मित वस्तु धूमकेतु पर उतरा। यूरोपीय अंतरिक्ष एजेंसी (ई.एस.ए.) द्वारा लॉन्च किया गया रोसेटा अंतरिक्ष यान अंततः 6.4 अरब कि.मी. और दस वर्षों के प्रयास के बाद अपने गंतव्य 67पी चुरियुमोव-गिरासिमेनको धूमकेतु पर पहुँच गया। रोसेटा ने अपने अन्वेषी फिलेई को तैनात किया। उस धूमकेतु का घनत्व काफी कम था, जो करीब 300 किलो प्रति घन मीटर था, जिसका अर्थ यह हुआ कि अगर आप किसी वस्तु को महासागर में रखें तो वह डूबेगी नहीं, तैरेगी।

हालाँकि उसकी लैंडिंग काफी नरम थी, लेकिन फिलेई अपने एक किनारे पर लैंड हुआ, जो उसके वास्तविक लैंडिंग स्पॉट से थोड़ा अलग था और एक खड़ी चट्टान की छाया में था। चूँकि उसकी बैटरी चार्ज नहीं हो सकी थी, इसलिए वह बंद हो गया। लेकिन ऐसा होने से पूर्व वह कुछ

महत्त्वपूर्ण डाटा भेजने में सफल रहा। रोसेटा से लगभग 80 प्रतिशत वैज्ञानिक डेटा आने की उम्मीद है, जो धूमकेतु तक पहुँच गया और तब से लगातार इसकी परिक्रमा कर रहा है। यह धूमकेतु की सतह से 10 कि.मी. की ऊँचाई पर परिक्रमा कर रहा है और पहले ही बड़े पैमाने पर डेटा संचारित कर चुका है। हो सकता है कि यह गहरे अंतरिक्ष की खोज करने और पृथ्वी पर उल्का हमलों के खतरों का मुकाबला करने के क्षेत्र में हमारा भविष्य साबित हो।

तीसरी घटना कंप्यूटर विज्ञान और न्यूरोलॉजी से संबंधित है। वर्ष 2014 में आई.बी.एम. और अन्य कंपनियों के कंप्यूटर इंजीनियरों ने मानव मस्तिष्क के काम करने के तरीके का अनुसरण किया और ऐसी न्यूरोमॉर्फिक चिप्स का निर्माण किया, जो जानकारी को बिल्कुल उसी प्रकार से संसाधित करने में सक्षम है, जैसे मानव मस्तिष्क करता है। इसका मतलब यह हुआ कि यह आज के कंप्यूटरों की तरह नहीं है, जो तर्कसंगत संक्रिया लेकिन 'बड़ी मात्रा में डाटा एकीकृत' करने में संघर्ष करते हैं। हमारे मस्तिष्क ऐसी किसी कठिनाई का सामना नहीं करते। हम अंतिम उत्पाद का निर्माण करने के लिए विभिन्न स्रोतों से एकत्रित किए गए डेटा की विशाल मात्रा को समेकित रूप से एकीकृत करते हैं। और ऐसा इसलिए संभव हो पाता है, क्योंकि व्यक्तिगत न्यूरॉन्स समानांतर डेटा प्रसंस्करण को संभव बनाने के लिए अपने पड़ोसियों के साथ संवाद करते हैं।

तीसरी घटना कंप्यूटर विज्ञान और न्यूरोलॉजी से संबंधित है। वर्ष 2014 में आई.बी.एम. और अन्य कंपनियों के कंप्यूटर इंजीनियरों ने मानव मस्तिष्क के काम करने के तरीके का अनुसरण किया और ऐसी न्यूरोमॉर्फिक चिप्स का निर्माण किया, जो जानकारी को बिल्कुल उसी प्रकार से संसाधित करने में सक्षम है, जैसे मानव मस्तिष्क करता है।

एक अभूतपूर्व 10 लाख न्यूरॉन्स और 25.6 करोड़ सिनेप्सिस द्वारा

संचालित मस्तिष्क-प्रेरित कंप्यूटर आर्किटेक्चर वाली नई चिप—ट्रू नॉर्थ—मस्तिष्क की नकल तो करती है, लेकिन 5.4 अरब ट्रांजिस्टर और 25.6 करोड़ 'सिनेप्सिस' के साथ बहुत छोटे पैमाने पर। मस्तिष्क में 100 अरब न्यूरॉन कोशिकाएँ और 100 ट्रिलियन सिनेप्स हैं। ये समयोचित संचालन के दौरान सिर्फ 70mW की खपत करता है—परिणाम के क्रम में पारंपरिक चिप्स की तुलना में बेहद कम ऊर्जा।

विज्ञान तब फलता-फूलता है, जब वह दुनिया के सामने आनेवाली चुनौतियों को हल करने के लिए आगे आता है और बिल्कुल यही 21वीं सदी के इंजीनियरों से उम्मीद है।

(23 फरवरी, 2015 को कॉलेज ऑफ इंजीनियरिंग, त्रिवेंद्रम में दिया गया संबोधन।)

□

मार्गदर्शक के रूप में पुस्तकें

एक अच्छी पुस्तक के संपर्क में आना और
उसे अपने अधिकार में रखना वास्तव में
एक चिरस्थायी संपन्नीकरण है।

मैं युवाओं से मिलने और उनके विचारों एवं सपनों को साझा करने के मिशन पर हूँ। मैं बीते दो दशकों में अब तक लगभग 2 करोड़ युवाओं से मिल चुका हूँ। मैंने इन मुलाकातों में क्या सीखा और युवाओं को मेरा संदेश क्या है?

मैं आपके साथ वर्ष 2010 का एक अनुभव साझा करना चाहूँगा। मैं गैटॉन कॉलेज ऑफ बिजनेस एंड इकोनॉमिक्स, लेक्सिंगटन, यू.एस.ए. में स्नातक और स्नातकोत्तर दोनों के 72 छात्रों की कक्षा ले रहा था। हमने प्रत्येक कक्षा में चर्चा के लिए 30 मिनट का समय निर्धारित कर रखा था।

एक दिन कोर्स की एक प्रतिभागिनी स्टेफनी, जो उस कोर्स में शामिल होने से पहले एक स्कूल में शिक्षिका थी, ने मुझसे एक बिल्कुल असामान्य सवाल पूछा। उसने पूछा, "डॉ. कलाम, कल रात मैं आपकी एक पुस्तक पढ़ रही थी। आपने कई सारे काम पूरे किए हैं, और अब आप हमें बताएँ कि किस कार्य ने आपको सबसे अधिक आनंदित किया?" मैं अपना उत्तर आप सबके साथ साझा करना चाहता हूँ।

जब हमने सन् 1980 में पहला स्वदेशी उपग्रह प्रक्षेपण यान एस.एल.वी.-3 लॉन्च किया तो उससे मुझे ढेर सारी खुशी मिली। सन् 1989 में जब 'अग्नि' 2,000 कि.मी. के लक्ष्य पर पहुँचा तो उसने मुझे बिल्कुल अलग तरह की खुशी दी। जब हमारी टीम ने सन् 1998 में पश्चिमी भारत के पोखरण के रेगिस्तान में 52 डिग्री सेंटीग्रेड की भीषण गरमी में एक परमाणु हथियार का सफल परीक्षण किया तो इससे मुझे बहुत खुशी मिली। जब हमारी टीम ने देश को आर्थिक रूप से विकसित राष्ट्र में बदलने के लिए 'विजन 2020' दस्तावेज

तैयार किया तो इससे मुझे खुशी का अहसास हुआ। तभी स्टेफनी ने मुझे याद दिलवाया, "लेकिन आपको आनंद किसने दिया?" मैंने उसे बताया कि मैं सही जवाब ही दे रहा हूँ। वह अनुभव, जिसने मुझे सबसे अधिक आनंदित किया, मुझे तब मिला, जब मैंने पोलियो से ग्रस्त बच्चों द्वारा पहने जानेवाले हलके कैलिपर्स बनाने में एक भूमिका निभाई थी। बच्चों को होनेवाले दर्द से मिली मुक्ति और उन्हें मिलनेवाली स्वतंत्रता ने मुझे आनंद की ऐसी अनुभूति प्रदान की, जिसका मैंने अपने जीवन की किसी भी अन्य उपलब्धि में अनुभव नहीं किया था।

मैंने कुछ अच्छी पुस्तकें पढ़ने के दौरान और उनके पृष्ठों के अर्थ की गहराई को समझते हुए भी आनंद को प्राप्त किया है। एक अच्छी पुस्तक के संपर्क में आना और उसे अपने अधिकार में रखना वास्तव में एक चिरस्थायी संपन्नीकरण है। पुस्तकें स्थायी साथी बन जाती हैं।

इसके अलावा, मैंने कुछ अच्छी पुस्तकें पढ़ने के दौरान और उनके पृष्ठों के अर्थ की गहराई को समझते हुए भी आनंद को प्राप्त किया है। एक अच्छी पुस्तक के संपर्क में आना और उसे अपने अधिकार में रखना वास्तव में एक चिरस्थायी संपन्नीकरण है। पुस्तकें स्थायी साथी बन जाती हैं। कभी-कभी वे हमारे सामने ही जन्म लेते हैं; वे हमारी जीवन-यात्रा के दौरान हमारा मार्गदर्शन करते हैं और कई पीढ़ियों तक ऐसा ही चलता रहता है। मैंने सन् 1953 में चेन्नई के मूर मार्केट के एक पुराने बुक स्टोर से 'लाइट फ्रॉम मेनी लैंप्स' शीर्षक वाली एक पुस्तक खरीदी थी। वह पुस्तक मेरी करीबी दोस्त बनी रही और पाँच दशकों से अधिक समय तक साथी भी रही। उस पुस्तक को इतना अधिक इस्तेमाल किया गया कि कई बार उसकी जिल्द बदलवानी पड़ी। किसी भी समस्या के सामने आने पर पुस्तकें महान् मस्तिष्कों के अनुभव के आधार पर आँसू पोंछती हैं। जब खुशी छाई हुई होती है तो पुस्तक फिर से कोमलता से मन को छू जाती है और एक संतुलित

सोच को सामने लाती है। मैं उस पुस्तक के महत्त्व को एक बार फिर महसूस करने में फिर कामयाब रहा, जब वर्ष 2004 में मेरे एक मित्र, जो न्यायपालिका में कार्यरत हैं, ने मुझे उसका एक नया संस्करण दिया। उन्होंने मुझे कहा कि यह पुस्तक वह सबसे अच्छी चीज है, जो वे मुझे दे सकते हैं। हो सकता है कि अब से 50 साल बाद यही पुस्तक एक नए अवतार में सामने आए। पुस्तकें मूल रूप से शाश्वत होती हैं।

मैं 11 अगस्त, 2009 को तमिलनाडु के इरोड में पुस्तक मेला उत्सव के विदाई कार्यक्रम में भाग ले रहा था। मैंने वहाँ पर मौजूद तमाम लोगों को सुझाव दिया कि पुस्तक मेले में भाग लेनेवाले प्रत्येक व्यक्ति को अच्छी पुस्तकों को पढ़ने के लिए प्रतिदिन कम-से-कम एक घंटा आवंटित जरूर करना चाहिए।

मैं 11 अगस्त, 2009 को तमिलनाडु के इरोड में पुस्तक मेला उत्सव के विदाई कार्यक्रम में भाग ले रहा था। मैंने वहाँ पर मौजूद तमाम लोगों को सुझाव दिया कि पुस्तक मेले में भाग लेनेवाले प्रत्येक व्यक्ति को अच्छी पुस्तकों को पढ़ने के लिए प्रतिदिन कम-से-कम एक घंटा आवंटित जरूर करना चाहिए। इससे उन्हें बच्चों को सशक्त बनाने के लिए आवश्यक ज्ञान की प्राप्ति होगी और वे असाधारण बच्चों के रूप में बड़े होंगे। मैंने यह भी सुझाव दिया कि सभी अभिभावकों को अपने घर में एक छोटा सा पुस्तकालय जरूर प्रारंभ करना चाहिए, जिसमें शुरुआत में 20 के लगभग पुस्तकें जरूर मौजूद हों। इस पुस्तकालय में बच्चों से संबंधित 10 पुस्तकें जरूर होनी चाहिए, ताकि घर में मौजूद बच्चों के भीतर भी अपने माता-पिता को अच्छी पुस्तकें पढ़ते देख कम उम्र में ही पढ़ने की आदत विकसित हो सके। उस समारोह में मौजूद कई लोगों ने मेरे इस विचार की सराहना की और बिना समय गँवाए अपने घर में पुस्तकालय की स्थापना की। मैंने प्रतिभागियों को निम्नलिखित शपथ दिलवाई—

- मैं आज के बाद 20 पुस्तकों के साथ एक गृह पुस्तकालय शुरू करूँगा, जिसमें 10 पुस्तकें बच्चों से संबंधित होंगी।
- मेरे बच्चे इस गृह पुस्तकालय को बढ़ाकर पुस्तकों की संख्या को 200 तक पहुँचाएँगे।
- मेरे नाती-पोते 2,000 पुस्तकों वाले एक शानदार गृह पुस्तकालय को तैयार करेंगे।
- मैं अपने पुस्तकालय को एक आजीवन खजाने और अपने परिवार की कीमती संपत्ति के रूप में देखता हूँ।
- हम अपने गृह पुस्तकालय में परिवार के सदस्यों के साथ अध्ययन करने के लिए कम-से-कम एक घंटा अवश्य बिताएँगे।

गृह पुस्तकालय की इस शपथ के बाद समारोह के अंत में एक आश्चर्यजनक घटना घटित हुई। हजारों-हजार लोगों ने बुक स्टॉल का रुख किया और एक घंटे के भीतर ही पुस्तक मेले में मौजूद अधिकांश पुस्तकें बिक गईं।

कृपया याद रखें, गृह पुस्तकालय सबसे बड़ा खजाना है। गृह पुस्तकालय में प्रतिदिन एक घंटे के लिए पढ़ना बच्चों को महान् शिक्षकों, महान् नेतृत्वकर्ताओं, महान् बुद्धिजीवियों, महान् इंजीनियरों, महान् वैज्ञानिकों में बदल देगा। आप में से हर किसी को एक गृह पुस्तकालय तैयार करने पर विचार करना चाहिए, जो प्रतिदिन रात के खाने के समय पूरे परिवार को सामान्य विषयों पर चर्चा करने में सक्षम बनाएगा। परिवार के प्रत्येक सदस्य के ज्ञान को समृद्ध करने के अलावा पढ़ने की यह आदत परिवार के सदस्यों के बीच एक स्वस्थ चर्चा के माहौल का भी निर्माण करेगी, जो पूरे परिवार के दीर्घकालीन सद्भाव के लिए आवश्यक है।

(24 जनवरी, 2015 को जयपुर साहित्य महोत्सव में दिया गया संबोधन।)

□

प्रत्येक हाथ में एक पुस्तक

हमें पुस्तकों को प्रत्येक व्यक्ति की पहुँच में लाने के लिए भाषा, दूरी, कीमत और यहाँ तक कि पढ़ने की योग्यता जैसी बाधाओं को पार करना होगा।

प्रिय साथियो, भारत ने वर्ष 2002 तक 50 करोड़ लोगों को कार्य-कुशल बनाने का मिशन शुरू किया है। इन 50 करोड़ लोगों, अधिकांशत: युवाओं, को ज्ञान देने के लिए ढेर सारी पुस्तकों और जर्नल्स की आवश्यकता होगी। इसी के चलते इस क्षेत्र में पुस्तकालयों की भूमिका बेहद महत्त्वपूर्ण हो जाती है। हम पुस्तकालयों की पहुँच को कैसे बढ़ा सकते हैं?

एक संभावित तरीका है—मौजूदा पुस्तकालयों को मोबाइल प्लेटफॉर्म से जोड़कर मोबाइल पुस्तकालयों को सक्षम बनाया जाए। भारत में 70 करोड़ से अधिक मोबाइल उपभोक्ता हैं। हम मोबाइल-आधारित पुस्तकों को तैयार कर सकते हैं, जिन्हें देश भर के मोबाइल पुस्तकालयों द्वारा साझा किया जा सकता है। इसके अलावा, मोबाइल फोन में अधिक भाषाओं में अनुवाद और तीव्र प्रसंस्करण शक्ति उपलब्ध होने के चलते हम वास्तविक अनुवाद की सुविधाओं को भी विकसित कर सकते हैं, जिसमें मोबाइल एप्लिकेशन द्वारा किसी भी भाषा को किसी भी भाषा में आसानी से अनुवादित किया जा सकता है। इसके अलावा, हम इन पुस्तकों में ऑडियो को भी सक्षम बना सकते हैं, ताकि दृष्टि-बाधित या फिर पढ़ने की सीमित क्षमतावाले लोग भी पुस्तकों और पुस्तकालयों के खजाने तक आसानी से पहुँच सकें। इस प्रकार से, हम पुस्तकों को प्रत्येक व्यक्ति की पहुँच में लाने के लिए भाषा, दूरी, कीमत और यहाँ तक कि पढ़ने की योग्यता जैसी बाधाओं को पार कर सकते हैं।

एक पुस्तक, जो मुझे बेहद पसंद है, वह है सिद्धांतवादी दार्शनिक और नोबेल पुरस्कार विजेता डॉ. एलेक्सिस कैरेल द्वारा लिखित 'मैन द अननोन'। यह पुस्तक इस बात पर रोशनी डालती है कि किस प्रकार मस्तिष्क और शरीर

के साथ समान व्यवहार किया जाना चाहिए, क्योंकि दोनों पारस्परिक रूप से संबद्ध हैं। आप ऐसा नहीं कर सकते कि एक की ओर तो अधिक ध्यान दें और दूसरे की बिल्कुल अनदेखी कर दें। विशेषकर वे बच्चे, जो भविष्य में चिकित्सक बनने का सपना देखते हैं, उन्हें तो यह पुस्तक जरूर पढ़नी चाहिए। उन्हें यह पता चलेगा कि मानव शरीर कोई यांत्रिक प्रणाली नहीं है; यह एक बेहद बुद्धिमान शारीरिक प्रणाली है, जो सबसे जटिल और संवेदनशील प्रतिक्रिया प्रणाली से लैस है। मानव प्रणाली मनोवैज्ञानिक और शारीरिक प्रणालियों से बना एक एकीकृत जीवन-चक्र है।

मैं तिरुवल्लुवर के 'तिरुक्कुरल' की वंदना करता हूँ, जो जीवन के लिए एक उत्कृष्ट आचार-संहिता प्रदान करता है और लेखक के विचार, जो राष्ट्र से परे, भाषाओं से परे, धर्म से परे और संस्कृति से परे जाते हैं, वास्तव में मानव मन को उन्नत करते हैं।

मैं तिरुवल्लुवर के 'तिरुक्कुरल' की वंदना करता हूँ, जो जीवन के लिए एक उत्कृष्ट आचार-संहिता प्रदान करता है और लेखक के विचार, जो राष्ट्र से परे, भाषाओं से परे, धर्म से परे और संस्कृति से परे जाते हैं, वास्तव में मानव मन को उन्नत करते हैं। मैं 'तिरुक्कुरल' की एक काव्य-पंक्ति को याद करना चाहूँगा, जिसने पिछले छह दशकों के दौरान मेरे जीवन को प्रभावित किया है। इसका सार है कि नदी या झील या तालाब की गहराई चाहे जितनी भी हो, पानी की स्थिति चाहे जो भी हो, लिली का फूल हमेशा खिलता है। बिल्कुल इसी प्रकार, यदि किसी लक्ष्य को प्राप्त करने के लिए निश्चित दृढ़ संकल्प है तो भले ही उसे प्राप्त करना असंभव ही क्यों न हो, व्यक्ति सफल होता है।

अब मैं आपको बताता हूँ कि कैसे गाँव के एक लड़के की आत्मकथा ने लेजर तकनीक को लेकर मेरी सोच को समृद्ध किया।

वर्ष 1968 में एक भारतीय वैज्ञानिक (आई.आई.टी., खड़गपुर से भौतिक विज्ञान में पी-एच.डी. और पश्चिम बंगाल के ग्रामीण इलाके से संबंध रखनेवाले) को भौतिक-शास्त्रियों के लिए बेहतरीन सुविधाएँ प्रदान करनेवाले एक प्रमुख

एयरोस्पेस ठेकेदार, नॉर्थरॉप कॉरपोरेशन की अनुसंधान और प्रौद्योगिकी केंद्र में टीम में शामिल होने के लिए आमंत्रित किया था। वह कार्बन मोनो-ऑक्साइड (CO) लेजर के क्षेत्र में काम कर रहा था। उनके शोध के आधार पर, सन् 1968 में नॉर्थरॉप के उनके सहयोगियों ने अब तक के सबसे शक्तिशाली निरंतर लेजर का प्रदर्शन किया। इससे एक कदम आगे जाते हुए भारतीय वैज्ञानिक कमरे के तापमान पर लेजर को संचालित करने में सक्षम थे और यह कुछ ऐसा था, जिसे पहले असंभव माना जाता था।

वर्ष 1968 में एक भारतीय वैज्ञानिक (आई.आई.टी., खड़गपुर से भौतिक विज्ञान में पी-एच.डी. और पश्चिम बंगाल के ग्रामीण इलाके से संबंध रखनेवाले) को भौतिक-शास्त्रियों के लिए बेहतरीन सुविधाएँ प्रदान करनेवाले एक प्रमुख एयरोस्पेस ठेकेदार, नॉर्थरॉप कॉरपोरेशन की अनुसंधान और प्रौद्योगिकी केंद्र में टीम में शामिल होने के लिए आमंत्रित किया था।

भारतीय वैज्ञानिक ने लॉस एंजिल्स स्थित कैलिफोर्निया विश्वविद्यालय में एक संगोष्ठी के दौरान अपने परिणाम प्रस्तुत किए। संयोग से एडवर्ड टेलर, जिन्हें अपनी ज्ञापक अंतर्दृष्टि के चलते 'H-बम का पिता' की उपाधि मिली हुई थी, भी वहाँ मौजूद थे। डॉ. टेलर भारतीय वैज्ञानिक की प्रस्तुति में इतने डूबे हुए थे कि जब उन्हें लघुशंका जाने के लिए कमरे से बाहर जाने की आवश्यकता महसूस हुई तो उन्होंने वैज्ञानिक से अपने वापस आने तक बात को स्थगित किए रखने का आग्रह किया। बाद में, एक सोवियत वैज्ञानिक ने प्रतिष्ठित रूसी जर्नल में लिखा—'सी.ओ. लेजर के क्षेत्र में भौमिक के विस्तृत काम के बाद इस पर (उस लेजर पर) किए जाने को अधिक कुछ बचा ही नहीं है।' इससे इस वैज्ञानिक को अंतरराष्ट्रीय पहचान मिली। क्या आप जानते हैं कि मैं किस वैज्ञानिक के बारे में बात कर रहा हूँ? वे हैं डॉ. मणि लाल भौमिक, जिन्होंने 'कोड नेम गॉड' शीर्षक से एक पुस्तक की रचना की है, जिसमें उन्होंने विज्ञान और अध्यात्म के बीच के संबंध को दरशाया है। मैं

एक ही बार में इस पूरी पुस्तक को पढ़ गया और वास्तव में डॉ. भौमिक के जीवन के दर्द और खुशी को सामने लानेवाले प्रत्येक अध्याय का आनंद लिया। मुझे पूरा विश्वास है कि आप सभी इस लेजर वैज्ञानिक के बारे में अधिक पढ़ने के लिए उत्सुक होंगे। लेजर के क्षेत्र में उनके आविष्कार के चलते ही आँख की सर्जरी के एक महत्त्वपूर्ण अनुप्रयोग लेसिक (LASIK) का विकास हुआ।

अब मैं आपके साथ दो दशक पूर्व होनोलुलु में घटित हुई वास्तविक जीवन की एक कहानी को साझा करना चाहूँगा। मैंने इस घटना को स्टीवेन आर. कोवी द्वारा लिखित 'एवरीडे ग्रेटनेस' नामक पुस्तक में पढ़ा था।

अब मैं आपके साथ दो दशक पूर्व होनोलुलु में घटित हुई वास्तविक जीवन की एक कहानी को साझा करना चाहूँगा। मैंने इस घटना को स्टीवेन आर. कोवी द्वारा लिखित 'एवरीडे ग्रेटनेस' नामक पुस्तक में पढ़ा था।

लिंडी कुनिशिमा और गेरी की दो बेटियाँ—13 वर्षीया ट्रुडी एवं 9 वर्षीया जेनिफर और एक छोटा बेटा स्टीवेन थे। बेटे के 18 माह का होने के बाद गेरी को अपने बेटे में कुछ असामान्य पता लगा। एक न्यूरोलॉजिस्ट द्वारा किए गए सी.टी. स्कैन से पता चला कि वर्मिस—मस्तिष्क का वह भाग, जो शरीर की मांसपेशियों से संदेशों को लाता और ले जाता है—विकसित ही नहीं हुआ है। न्यूरोलॉजिस्ट ने घोषणा की कि स्टीवेन कभी भी चल या बोल नहीं पाएगा या फिर ऐसा कुछ भी नहीं कर पाएगा, जिसके लिए मांसपेशियों पर नियंत्रण की आवश्यकता हो और वह मानसिक व शारीरिक रूप से अक्षम ही बना रहेगा। गेरी कई दिनों तक सो न सकीं। लेकिन ट्रुडी ने डॉक्टर के पूर्वानुमान को चुनौती दी और घोषणा की कि उन्हें स्टीवेन के बारे में डॉक्टर द्वारा बताई हुई बात पर भरोसा नहीं है और कहा कि वे स्टीवेन के सामान्य होने तक उसके साथ मेहनत करेंगी। उन्होंने प्रतिदिन रात के खाने की मेज पर उसके लिए एक पैसेज पढ़ना शुरू किया, जो जल्द ही आदत में शुमार हो गया। जेनिफर एवं ट्रुडी सवाल भी पूछतीं और पुस्तकों में प्रदर्शित किए गए जानवरों और व्यक्तियों की ओर इंगित भी करतीं।

स्टीवेन की ओर से कई हफ्तों तक कोई प्रतिक्रिया नहीं आई।

तभी अचानक, तीन महीनों बाद, एक शाम स्टीवेन अचानक अपने तकियों से दूर हट गया। परिवार ने उसे बहुत धीरे-धीरे बच्चों की पुस्तकों की ओर खिसकते हुए देखा। स्टीवेन तब तक उस पुस्तक के पन्ने पलटता रहा, जब तक उसे जानवरों की तसवीरों से भरा हुआ पन्ना नहीं दिखा। उससे अगली रात, जब जेनिफर पढ़ने की तैयारी कर रही थी, उसका भाई रेंगता हुआ उसी पुस्तक तक पहुँचा और दोबारा बिल्कुल वही पन्ना खोला। इससे पता चला कि स्टीवेन के पास स्मृति मौजूद थी और वह निरंतर सुधार की ओर अग्रसर था।

तभी अचानक, तीन महीनों बाद, एक शाम स्टीवेन अचानक अपने तकियों से दूर हट गया। परिवार ने उसे बहुत धीरे-धीरे बच्चों की पुस्तकों की ओर खिसकते हुए देखा। स्टीवेन तब तक उस पुस्तक के पन्ने पलटता रहा, जब तक उसे जानवरों की तसवीरों से भरा हुआ पन्ना नहीं दिखा।

ट्रुडी और जेनिफर दोनों ही स्टीवेन की मौजूदगी में पियानो बजाती थीं। एक दिन अभ्यास के बाद जेनिफर ने स्टीवेन को पियानो के नीचे के उसके स्थान से उठाया। इस बार वह एक नई आवाज निकाल रहा था। वह संगीत को गुनगुना रहा था। इसी के साथ परिवार ने मालिश के जरिए उसकी मांसपेशियों को मजबूत करने के प्रयास भी जारी रखे। गेरी, ट्रुडी और जेनिफर लड़के के होंठों पर पीनट बटर लगा देते थे और जब वह उसे चाटता था तो उसकी जीभ एवं जबड़े का व्यायाम होता था। साढ़े चार साल का होने के बाद भी स्टीवेन शब्दों को तो नहीं बोल पाता था, लेकिन वह कुछ आवाजें निकालता था और उसकी स्मृति काफी अच्छी थी। 300-पीस वाली चित्रखंड पहेली का अध्ययन करने के बाद वह एक ही बैठक में टुकड़ों को इकट्ठा कर सकने में सक्षम था।

कई बार नकारे जाने के बाद स्टीवेन को रॉबर्ट एलेन मोण्टेसरी स्कूल की लुइस बोगार्ट द्वारा प्री-स्कूल में भरती करवाया गया, जिन्होंने पाया कि स्टीवेन

अपनी मौजूदगी को साबित करना चाहता है।

एक दिन बोगार्ट किनारे पर खड़े होकर शिक्षक को एक अन्य बच्चे के साथ संख्या पर काम करते हुए देख रही थीं। शिक्षक ने पूछा, "इसके बाद कौन सी संख्या आती है?" बच्चे के पास कोई जवाब नहीं था। "बीस!" स्टीवेन जोर से बोला। बोगार्ट का सिर चकरा गया। स्टीवेन न सिर्फ स्पष्ट रूप से बोला था, बल्कि उसने बिल्कुल सटीक जवाब भी दिया था। बोगार्ट शिक्षक की ओर लपकीं। उन्होंने पूछा, "क्या स्टीवेन ने कभी इस बारे में पढ़ा है?" शिक्षक का जवाब था, "नहीं। हमने इसके साथ एक से दस तक की संख्या पर बहुत काम किया है। लेकिन हमें इसका अंदाजा तक नहीं था कि वह दस से आगे की गिनती भी सीख चुका है।"

एक दिन बोगार्ट किनारे पर खड़े होकर शिक्षक को एक अन्य बच्चे के साथ संख्या पर काम करते हुए देख रही थीं। शिक्षक ने पूछा, "इसके बाद कौन सी संख्या आती है?" बच्चे के पास कोई जवाब नहीं था। "बीस!" स्टीवेन जोर से बोला।

बोगार्ट ने उसकी माँ से कहा, "स्टीवेन जो करने में सक्षम है, यह तो सिर्फ उसकी शुरुआत है।" उसके शारीरिक कौशल कमजोर ही रहे, इसलिए गेरी, जेनिफर और ट्रुडी ने उसके लिखित कुलेख को सुपाठ्य बनाने के लिए कड़ी मेहनत की। "मैं यह कर सकता हूँ।" एक दिन स्टीवेन ने जेनिफर को आश्वासन दिया, "मुझे सिर्फ कुछ समय दीजिए।"

इसके बाद स्टीवेन ने निरंतर सुधार किया और उन्हें सन् 1990 में मुख्यधारा के एक कैथोलिक स्कूल में भरती करवाया गया। यह एक बच्चे को ठीक करने के लिए सामूहिक दृढ़ निश्चय की शक्ति है।

(9 दिसंबर, 2014 को पुदुचेरी में आयोजित ज्ञान, पुस्तकालय और सूचना नेटवर्किंग के राष्ट्रीय सम्मेलन के उद्घाटन के अवसर पर दिया गया संबोधन।)

□

भविष्य को पूरी तरह से बदलना

आप जैसे-जैसे बड़े होंगे, आपके पास मानवता के सामने आनेवाली परेशानियों को हल करने के लिए चुनौतियाँ और अवसर होंगे।

मैं देख रहा हूँ कि मेरे युवा साथियों में से कुछ अंतरिक्ष यात्री होंगे और मंगल ग्रह तथा उससे भी आगे, जैसे शनि के चंद्रमा 'टाइटन' पर कदम रखनेवाले पहले व्यक्तियों में से एक होंगे। आप हमारे रहने के लिए अन्य ग्रहों को तलाशने और ग्रह से बाहर रहने योग्य पहले स्थानों को खोजनेवाले प्रथम मानव हो सकते हैं। दोस्तो, मैं आप सब में जेनेटिक्स के क्षेत्र में ऐसे वैज्ञानिकों को देखता हूँ, जो हमें सदियों से प्रभावित करनेवाली बीमारियों से निजात दिलवाएँगे। हो सकता है कि आप में से कुछ दुनिया को ऐसे समाधान पेश करें, जो मानव को सभी प्रकार की बीमारियों के प्रति प्रतिरक्षित कर दे। इसलिए यहाँ पर मेरी चर्चा मानव सभ्यता के भविष्य के परिवर्तकों के लिए होगी।

जब आप भविष्य के लिए वैज्ञानिक चुनौतियों के बारे में सुनते हैं, जब आप वैज्ञानिकों से अपने सपनों के बारे में चर्चा करते हैं, कृपया एक संदेश बिल्कुल स्पष्ट रखें। हमारी सर्वोच्च प्राथमिकता यह है कि मानव जीवन और पृथ्वी की बेहतरी के लिए विज्ञान एवं प्रौद्योगिकी का उपयोग कैसे किया जाए।

मुझे याद है, जब मैं वर्ष 2015 में चीन की राजधानी बीजिंग में था और शहर वहाँ पर आयोजित होनेवाले ए.पी.ई.सी. (एशिया पैसिफिक इकोनॉमिक कोऑपरेशन) समिट 2014 में भाग लेने आनेवाले वैश्विक नेताओं के स्वागत की तैयारी कर रहा था। छात्रों ने मेरे साथ जो साझा किया, वह बेहद दिलचस्प जानकारी थी—सरकार ने सड़क पर केवल आधी कारों को उतरने की अनुमति देने का फैसला लिया था, क्योंकि शहर में प्रदूषण का स्तर बहुत अधिक था।

बेशक, चीनी सरकार सिर्फ एक आदेश देकर ऐसा कर सकती थी, जिसका पालन करना हमारे जैसे लोकतंत्र में काफी मुश्किल होगा। लेकिन

यहाँ पर मैं जिस मुद्दे पर आपका ध्यान आकर्षित करने का प्रयास कर रहा हूँ, वह यह है कि ज्यादातर प्रदूषण जीवाश्म ईंधन का प्रयोग करनेवाले विभिन्न प्रकार के मोटर वाहनों के कारण होता है। भारत के लिए इकलौता समाधान इलेक्ट्रिक कारों या पूरी तरह से इलेक्ट्रिक सार्वजनिक परिवहन वाहनों, जैसे स्वच्छ ईंधन वाले विकल्पों, को अपनाना है।

प्रतिवर्ष कल-कारखाने जो धुआँ और राख देते हैं, कारें जो ईंधन जलाती हैं और अन्य मानव गतिविधियाँ करते हैं, उससे 30 अरब टन से अधिक कार्बन डाइ-ऑक्साइड उत्पन्न होती है। जैसाकि आप सभी जानते हैं, यह पर्यावरण में घुल जाती है और ग्लोबल वार्मिंग, समुद्र के बढ़ते स्तर एवं ध्रुवीय बर्फीली चोटियों के पिघलने का कारण बनते हैं।

प्रतिवर्ष कल-कारखाने जो धुआँ और राख देते हैं, कारें जो ईंधन जलाती हैं और अन्य मानव गतिविधियाँ करते हैं, उससे 30 अरब टन से अधिक कार्बन डाइ-ऑक्साइड उत्पन्न होती है। जैसाकि आप सभी जानते हैं, यह पर्यावरण में घुल जाती है और ग्लोबल वार्मिंग, समुद्र के बढ़ते स्तर एवं ध्रुवीय बर्फीली चोटियों के पिघलने का कारण बनते हैं। युवाओं को इस समस्या के समाधान तलाशने होंगे।

एक समृद्ध और शांतिपूर्ण विश्व के लिए वर्ष 2050 तक मानव सभ्यता को लेकर मेरी कल्पना इस प्रकार है—

1. उपभोग, साफ-सफाई और सिंचाई के लिए स्वच्छ पानी उचित मात्रा में प्रत्येक नागरिक की पहुँच में होगा।
2. कृषि मिट्टी के निरंतर नवीनीकरण और संवर्धन में सक्षम होगी।
3. दुनिया में सभी लोगों की ऊर्जा तक पर्याप्त पहुँच होगी और यह हरित स्रोतों पर आधारित होगी।
4. सूचना एवं संचार प्रौद्योगिकी मानव प्रयास के प्रत्येक क्षेत्र में पहुँचेगी और उसे सक्षम बनाएगी।

5. शिक्षा वह उपकरण होगा, जिसके जरिए विज्ञान और प्रौद्योगिकी को सभी तक पहुँचाया जाएगा, जिसके चलते मूल्य-प्रणाली और करुणा की भावना से समर्थित वैश्विक ज्ञान समाज का जन्म होगा।
6. स्वास्थ्य-सेवा रोग-निवारक देखभाल पर जोर देगी और प्रत्येक नागरिक के लिए निरंतर चिकित्सा उपचार की आवश्यकता होगी, जिसके चलते एक रोग-मुक्त और दीर्घायु समाज निर्मित होगा।
7. हर वैश्विक नागरिक को जीवन की न्यूनतम गारंटीकृत गुणवत्ता सुनिश्चित की जाएगी।
8. ग्लोबल ग्रीनहाउस गैस संतुलन को हासिल किया जाएगा और जलवायु परिवर्तन के जोखिम को समाप्त किया जाएगा।
9. मानव आवास को पृथ्वी के दायरे से परे बढ़ाया जाएगा। बहु-विषयी वैश्विक नेतृत्व स्थायी विकास के लिए एक दूरदृष्टि के साथ उभरकर सामने आएँगे।

एक अनुमान के अनुसार, वर्ष 2050 तक भारत की आबादी वैश्विक आबादी के पाँचवें हिस्से के बराबर होगी। इसलिए मानव सभ्यता के लिए इन दर्शनों को पाने में हमारी भूमिका बेहद महत्त्वपूर्ण होगी और दूसरे जिसका अनुसरण करेंगे।

एक अनुमान के अनुसार, वर्ष 2050 तक भारत की आबादी वैश्विक आबादी के पाँचवें हिस्से के बराबर होगी। इसलिए मानव सभ्यता के लिए इन दर्शनों को पाने में हमारी भूमिका बेहद महत्त्वपूर्ण होगी और दूसरे जिसका अनुसरण करेंगे।

साथियो, आप जैसे-जैसे बड़े होंगे, आपके सामने एवं मानवता के सामने आनेवाली तमाम समस्याओं का हल तलाशने के साथ-साथ अंतरिक्ष या फिर समुद्र की गहराइयों में नई घटनाओं की खोज करने की चुनौती और अवसर मौजूद होंगे। आपके सामने जीवाश्म ईंधन के बजाय सूर्य एवं हवा इत्यादि जैसे अक्षय ऊर्जा स्रोतों के उपयोग को बढ़ावा देकर एक स्वच्छ वातावरण को

वापस लाने की चुनौतियाँ भी होंगी। नीचे कुछ ऐसी विशिष्ट महान् चुनौतियों के बारे में बताया जा रहा है, जिनका हम आज पूर्वानुमान लगाते हैं—

1. कृषि उत्पादन को मौजूदा 20 करोड़ टन से बढ़ाकर 34 करोड़ टन करने और वह भी भूमि उपलब्धता को 170 से घटाकर 100 हेक्टेयर करते हुए और पानी की उपलब्धता एवं खेती में काम करनेवाले लोगों की संख्या में कमी के साथ।
2. जीवाश्म ईंधन के स्थान पर लागत-प्रभावी अक्षय ऊर्जा प्रणालियों को अपनाकर स्वच्छ वातावरण पाना।
3. मानव शरीर की खोज करना, विशेषकर जीन-आधारित दवाओं के विकास के लिए प्रोटिओमिक्स परियोजना के माध्यम से जीन निरूपण।
4. मौसम और भूकंप की सटीक भविष्यवाणी।
5. उच्च बैंडविथ वाले मोबाइल वायरलेस का उपयोग करके संचार आवश्यकताओं को पूरा करने में सक्षम मल्टीमीडिया एप्लिकेशन का विकास।
6. एकीकृत क्षेत्र सिद्धांत का विकास, जो कि ब्रह्मांड के जन्म और हम कैसे पैदा हुए हैं, इसका खुलासा करते हुए भौतिकी का अंतिम ज्ञान हो सकता है।
7. पृथ्वी के इतर रहने लायक जगहों को तलाशना और पृथ्वी पर हीलियम-3 जैसी नई चीजों को वापस लाना और साथ ही वैकल्पिक आवासों एवं सौर ऊर्जा के उत्पादन के साधनों का निर्माण करना।

(4 जनवरी, 2015 को मुंबई में आयोजित 102वीं राष्ट्रीय बाल विज्ञान कांग्रेस के उद्घाटन के अवसर पर दिया गया संबोधन।)

□

बुद्धि और समानुभूति

युवाओं के पास विचारों, महत्त्वाकांक्षा
और क्षमता की शक्ति मौजूद है।

जैसाकि आप सब जानते हैं, 24 सितंबर, 2014 को मंगल ऑर्बिटर मिशन को सफलतापूर्वक मंगल ग्रह की कक्षा में प्रविष्ट करा दिया गया था। इसरो में मौजूद मेरे दोस्तों ने मुझे बताया कि सभी पाँच वैज्ञानिक अंतरिक्ष उपकरणों को चालू कर दिया गया है और अंतरिक्ष यान की सेहत बिल्कुल सामान्य है, जिसमें दो अंतरिक्ष उपकरणों की उच्च वोल्टेज भी शामिल है। मार्स कलर कैमरा मंगल ग्रह की तसवीरें भेज रहा है, जो बहुत अच्छे रिजॉल्यूशन की हैं। इससे पूर्व मंगल के तमाम उच्च रिजॉल्यूशन वाले चित्रों में से अधिकांश को पूरी डिस्क की तसवीर देने के लिए एक साथ रखा जाता था। इसरो के कैमरे का दृष्टि-क्षेत्र काफी बड़ा है, जो करीब 5 गुणा 5 डिग्री का है और यह संपूर्ण डिस्क की उच्च रिजॉल्यूशन वाली तसवीरें उतारने में सक्षम है। आप इन तसवीरों को इसरो के फेसबुक एवं ट्विटर पेज पर देख सकते हैं।

मैंने इसरो के अपने दोस्तों से पूछा कि क्या उन्हें मंगल ऑर्बिटर मिशन के दौरान किसी समस्या का सामना करना पड़ा? उन्होंने मुझे एक विशिष्ट घटना के बारे में बताया। धूमकेतु C/2013 A1 के पार होने के दौरान अंतरिक्ष यान को परिरक्षित किया गया था। ऐसा करने के लिए अंतरिक्ष यान और उसकी उप-प्रणालियों को कक्षा को ऐसे ट्यून करके बचाया गया कि जैसे धूमकेतु के गुजरने के दौरान अंतरिक्ष यान मंगल ग्रह के पीछे मौजूद हो। सभी उप-प्रणालियाँ सामान्य रूप से काम करती रहीं। यहाँ पर सबक यह है कि वैज्ञानिक मस्तिष्क को अपने मिशन के दौरान प्रगतिशील बने रहने के साथ किसी भी आपात स्थिति का सामना करने के लिए तैयार रहने की आवश्यकता है।

राष्ट्र को युवाओं के तेजस्वी मन की आवश्यकता है।

जब मैं आपकी उम्र का एक युवा बालक था, तब मेरी भी कुछ चिंताएँ थीं। क्या मैं हाई स्कूल की पढ़ाई करने के लिए अपने गाँव से बाहर जा पाऊँगा? जब मैं हाई स्कूल की पढ़ाई के लिए एक छोटे से शहर में पहुँचा और मैं अपने अन्य साथियों को अच्छे कपड़ों में एवं अच्छी अंग्रेजी में बात करते हुए देखता तो मैं अकसर खुद से पूछता कि मैं कब उनकी संगति में शामिल हो पाऊँगा? नौवीं कक्षा में पहुँचने पर मुझे एक नई चिंता ने घेर लिया—क्या मैं अच्छे अंक प्राप्त कर पाऊँगा, ताकि मैं इंजीनियरिंग, विज्ञान या फिर चिकित्सा जैसी उच्च शिक्षा के लिए दाखिला पा सकूँ? दसवीं कक्षा में पहुँचने पर ये सारी चिंताएँ हवा हो गईं, क्योंकि मुझे अच्छे शिक्षक की संगति प्राप्त हो गई थी। उन्होंने मुझे जीवन के लिए एक दूरदृष्टि दी। मेरे उन शिक्षक का नाम शिव सुब्रमण्य अय्यर था। निश्चित रूप से आपके स्कूलों में भी महान् शिक्षक होंगे, जो भविष्य के लिए आपकी दूरदृष्टि को पहचानने में आपकी मदद करेंगे। साथ ही, जो आपको समझते हैं और प्रेरित करते हैं, वे सुनिश्चित करेंगे कि आप हमेशा अच्छी पुस्तकों और महान् मस्तिष्कों की संगति में ही रहें।

जब मैं आपकी उम्र का एक युवा बालक था, तब मेरी भी कुछ चिंताएँ थीं। क्या मैं हाई स्कूल की पढ़ाई करने के लिए अपने गाँव से बाहर जा पाऊँगा? जब मैं हाई स्कूल की पढ़ाई के लिए एक छोटे से शहर में पहुँचा और मैं अपने अन्य साथियों को अच्छे कपड़ों में एवं अच्छी अंग्रेजी में बात करते हुए देखता तो मैं अकसर खुद से पूछता कि मैं कब उनकी संगति में शामिल हो पाऊँगा?

एक खुशहाल और शांतिपूर्ण समाज के लिए राष्ट्र के प्रत्येक नागरिक को दो विशिष्ट लक्षण विकसित करने की सुविधा प्रदान की जानी चाहिए। एक है बुद्धि और दूसरा है समानुभूति। इसे अच्छे माता-पिता, अच्छे शिक्षक, अच्छी

पुस्तकों और महान् लोगों की संगति के जरिए प्राप्त किया जा सकता है। उचित आयु में ऐसा नहीं होने पर मनुष्य एक शैतान बन सकता है, विशेषकर तब, जब बुद्धि बिना समानुभूति के काम करती है। एक देश के रूप में हमें इस संदेश को अंगीकार करना है और अपने युवाओं को इन विशेषताओं के साथ विकसित करना है। एक अच्छे इनसान के बारे में सोचते हुए मुझे याद आती है इमाम गजाली की कहानी। इसे मेरे पिता ने मुझे तब सुनाया था, जब मैं पंद्रह साल का था।

इमाम गजाली बारहवीं शताब्दी में हुए एक संत शिक्षक थे। मेरे पिता ने मुझे कहानी का वह हिस्सा सुनाया, जिसमें फरिश्ते के वेश में आया शैतान इमाम गजाली की परीक्षा लेता है। एक दिन इमाम गजाली मगरिब की नमाज के लिए अपना मुसल्ला खोल रहे थे। बिल्कुल उसी समय शैतान उनके सामने प्रकट हुआ और बोला, "आदरणीय इमाम साहब, मैं सीधे जन्नत से आ रहा हूँ, जहाँ सबसे महान् मनुष्यों को लेकर बहस हो रही थी और आपको धरती पर मौजूद सबसे महान् मनुष्य चुना गया है। आपकी महानता के मद्देनजर आपको भविष्य में नमाज अदा करने की परेशानी से आजाद किया जाता है।"

आदरणीय इमाम साहब, मैं सीधे जन्नत से आ रहा हूँ, जहाँ सबसे महान् मनुष्यों को लेकर बहस हो रही थी और आपको धरती पर मौजूद सबसे महान् मनुष्य चुना गया है। आपकी महानता के मद्देनजर आपको भविष्य में नमाज अदा करने की परेशानी से आजाद किया जाता है।

चूँकि नमाज का समय नजदीक था, इसलिए इमाम गजाली अधीर हुए जा रहे थे। ऐसे में उन्होंने शैतान की ओर देखा और बोले, "शैतान साहब, सबसे पहली बात तो यह कि नमाज अदा करना मेरे लिए परेशानी का सबब बिल्कुल भी नहीं है और जब पैगंबर मोहम्मद साहब (अल्लाह ताला उन्हें जन्नत फरमाएँ) तक को खुद रोजाना पाँच वक्त की नमाज अदा करने से

छूट नहीं थी तो फिर मेरे जैसे छोटे से इमाम पर यह मेहरबानी कैसे हो सकती है।" और वे नमाज अदा करने चले गए। नमाज पूरी करने के बाद इमाम गजाली ने देखा कि शैतान अभी भी उनके सामने ही खड़ा है। इमाम साहब ने उससे पूछा कि वह किसका इंतजार कर रहा है? शैतान ने जवाब दिया, "ओ इमाम, तुम तो सबसे पाक मोहम्मद साहब से भी आगे निकल गए हो, जो मेरी बातों में आ गए थे और मैंने उन्हें निषिद्ध फल खिला दिया था।" इमाम साहब यह समझ गए कि अब शैतान उनकी चापलूसी कर रहा है और उन्होंने अल्लाह से प्रार्थना की, "या खुदा, मेरी मदद करो और मुझे चापलूसी के इस धोखे से बचाओ।" उनके ऐसा करते ही निराश शैतान आखिरकार गायब हो गया। उसका मिशन फेल हो गया, लेकिन एक महान् मनुष्य सफल हो गया।

दोस्तो, आपको इस कहानी से क्या सबक मिलता है? हमें न सिर्फ बुद्धि और समानुभूति का विकास करना है, बल्कि सामाजिक अभियानों में अपना योगदान देते हुए प्रलोभनों से भी खुद को दूर रखना चाहिए। हमारे अपने राष्ट्रपिता तक ने जनता की पाई-पाई के हिसाब और देश में शांति व सद्भाव लाने के लिए प्रतिबद्धता के साथ करने के कई उदाहरण प्रस्तुत किए हैं। मेरा सभी शिक्षकों से अनुरोध है कि वे यह सुनिश्चित करें कि छात्रों में जीवन के ये तीन गुण मौजूद रहें—

आपको इस कहानी से क्या सबक मिलता है? हमें न सिर्फ बुद्धि और समानुभूति का विकास करना है, बल्कि सामाजिक अभियानों में अपना योगदान देते हुए प्रलोभनों से भी खुद को दूर रखना चाहिए। हमारे अपने राष्ट्रपिता तक ने जनता की पाई-पाई के हिसाब और देश में शांति व सद्भाव लाने के लिए प्रतिबद्धता के साथ करने के कई उदाहरण प्रस्तुत किए हैं।

1. वर्तमान, जो आज है, के महत्त्व को समझना।

2. छात्रों में आत्मविश्वास का निर्माण करना, ताकि उन्हें भरोसा हो, 'मैं ऐसा कर सकता हूँ।'
3. हृदय में पवित्रता का निर्माण।

आज भारत के पास खुद को एक ऐसे विकसित राष्ट्र में बदलने का अवसर है, जिसकी नीति बेहद सशक्त हो। यह एक बड़ी चुनौती है। इसे सिर्फ हमारी शक्ति के जरिए ही पाया जा सकता है। युवाओं के पास विचारों, महत्त्वाकांक्षा और क्षमता की शक्ति मौजूद है। युवाओं के पास मौजूद यह संसाधन भारत को एक विकसित राष्ट्र में बदलने के लिए एक महत्त्वपूर्ण मूलभूत अंग है।

अगर आपके पास अपने जीवन में एक उद्‌देश्य है, आप निरंतर ज्ञान प्राप्त कर रहे हैं, आप जीतने के लिए आत्मविश्वास के साथ कड़ी मेहनत कर रहे हैं और आप में समस्याओं को हराने का माद्‌दा है तथा आप सच्चे मन से सफल होना चाहते हैं तो आप अपने लक्ष्यों को पाने में जरूर कामयाब होंगे। इस बात से कोई फर्क नहीं पड़ता कि आप कौन हैं। आपके जीवन के मिशन में सफलता के लिए आप सभी को मेरी शुभकामनाएँ।

(29 नवंबर, 2014 को अंगुल, ओडिशा में
छात्रों को दिया गया संबोधन।)

□

छात्र से नेतृत्वकर्ता तक

एक नेतृत्वकर्ता कहता है,
'मैं आपके लिए क्या कर सकता हूँ?'

आज मैं एक शिक्षक की भूमिका के बारे में बात करना चाहूँगा। मैंने दुनिया भर में 2 करोड़ से अधिक स्कूली बच्चों और लाखों शिक्षकों के साथ बातचीत की है। मैं जहाँ भी गया हूँ—चाहे वह भारत हो, चीन हो, ब्रिटेन हो या दुनिया का अन्य कोई भी हिस्सा हो—युवाओं की आवाज उनकी दूरदृष्टि और सपने को साकार करने को लेकर अद्वितीय और मजबूत है और वे इसके लिए मेहनत करने को तैयार हैं। हर कोई एक समृद्ध देश, एक खुशहाल देश, एक शांतिपूर्ण देश और एक सुरक्षित देश में रहने का सपना देखता है। समृद्धि, सुख और शांति को हमेशा एक साथ आना ही होगा। कोई राष्ट्र वास्तव में एक विकसित राष्ट्र तभी बनेगा, जब ये तीनों एक साथ मिलेंगे।

बारह साल की अपनी प्राथमिक और माध्यमिक शिक्षा के दौरान बच्चे लगभग 25,000 घंटे स्कूल में मौजूद रहते हैं। अपने अनुभव के सहारे उत्कृष्ट शिक्षक छात्रों के लिए आदर्श व्यक्ति बन सकते हैं। मैं स्कूलों द्वारा बच्चों के भीतर विकसित की जानेवाली क्षमताओं के बारे में चर्चा करूँगा।

हम में से हर कोई बचपन से लेकर व्यावसायिक जीवन प्रारंभ करने तक शिक्षा के विभिन्न चरणों से गुजरा है। कृपया एक दृश्य की कल्पना करें—एक बच्चा, एक किशोर, एक वयस्क और एक नेतृत्वकर्ता। इसमें से प्रत्येक विकास, विशेष परिस्थिति में कैसी प्रतिक्रिया देता ? स्थिति है मानवीय आवश्यकता। बच्चा पूछता है, "आप मेरे लिए क्या कर सकते हैं ?" किशोर कहता है, "मैं इसे अकेला करना चाहता हूँ।" एक युवा कहता है, "आइए, इसे मिलकर करते हैं।" जबकि अगुवा पूछता है, "मैं आपके लिए क्या कर सकता हूँ ?"

इसलिए शिक्षकों के पास एक बच्चे को एक नेतृत्वकर्ता में बदलने की जबरदस्त शक्ति है, 'आप मेरे लिए क्या कर सकते हैं?' को बदलकर 'मैं आपके लिए क्या कर सकता हूँ?' करने की। इसके लिए एक शिक्षक का प्रेरणादायी होने के साथ दूरदर्शी होना भी आवश्यक है। साथ ही, शिक्षकों को छात्रों को इस प्रकार से शिक्षा देनी है, जो उनके भीतर से सर्वश्रेष्ठ को बाहर लाने में सक्षम हो। छात्रों का सर्वश्रेष्ठ शिक्षकों के एकजुट प्रयासों से ही संभव होता है।

जहाँ तक युवा छात्रों की बात है, तो मुझे दक्षिण भारत के सेंट जोसेफ कॉलेज में एक दृश्य देखने का अवसर मिला। एक अप्रतिम व दिव्य दिखनेवाला व्यक्तित्व हर सुबह कॉलेज में घूमते हुए बी.एस-सी. (ऑनर्स) और एम.ए. (गणित) छात्रों को गणित पढ़ाता था। युवा छात्र उनकी तरफ विस्मय और सम्मान के भाव से देखते थे।

जहाँ तक युवा छात्रों की बात है, तो मुझे दक्षिण भारत के सेंट जोसेफ कॉलेज में एक दृश्य देखने का अवसर मिला। एक अप्रतिम व दिव्य दिखनेवाला व्यक्तित्व हर सुबह कॉलेज में घूमते हुए बी.एस-सी. (ऑनर्स) और एम.ए. (गणित) छात्रों को गणित पढ़ाता था। युवा छात्र उनकी तरफ विस्मय और सम्मान के भाव से देखते थे। वे एक ऐसे व्यक्तित्व थे, जो हमारी संस्कृति के प्रतीक थे। वे जब चलते थे तो ज्ञान चारों ओर फैलता था। और वे एक महान् शख्सियत थे—प्रो. थोथात्री आयंगर, एक जाने-माने शिक्षक। उस समय कैलकुलस श्रीनिवासन मेरे गणित के शिक्षक थे। कैलकुलस श्रीनिवासन प्रो. थोथात्री आयंगर के विषय में बेहद सम्मान के साथ बात करते थे। उन दिनों उनके और प्रो. आयंगर दोनों के बीच सहमति बनी हुई थी कि प्रो. आयंगर बी.एस-सी. (ऑनर्स) और बी.एस-सी. (भौतिक विज्ञान) प्रथम वर्ष को मिलाकर एक ही कक्षा लेंगे। मुझे उनकी कक्षाओं में भाग लेने का अवसर मिला, विशेषकर आधुनिक बीजगणित, सांख्यिकी

के विषयों पर। और एक बार तो मैंने उन्हें बेहद जटिल परिवर्ती कारक सिखाते हुए भी सुना। जब हम बी.एस-सी. प्रथम वर्ष में थे तो कैलकुलस श्रीनिवासन सेंट जोसेफ के गणित क्लब के लिए शीर्ष दस छात्रों को चुनते थे, जहाँ प्रो. आयंगर व्याख्यानों की एक श्रृंखला आयोजित करते थे। मुझे अब भी याद है, सन् 1952 में एक दिन, उन्होंने भारत के प्राचीन गणितज्ञों और खगोलविदों पर एक घंटे का व्याख्यान दिया और इस दौरान तीन महान् गणितज्ञों और खगोलविदों के बारे में बताया। वे लगभग एक घंटे तक बोले। उनका वह व्याख्यान अभी भी मेरे कानों में गूँजता है।

मुझे राष्ट्र के गौरव से परिचित करवाया गया—खगोल विज्ञान और गणित में अग्रणी आर्यभट्ट, भास्कर और रामानुजन, जिन्होंने दुनिया को शून्य दिया, सूर्य के चारों ओर पृथ्वी की परिक्रमा अवधि की गणना की और संख्या सिद्धांत में कई आश्चर्यजनक अवधारणाओं की खोज की। ये तमाम घटनाएँ और ज्ञान मेरी शिक्षा, सीखने की आशा और नीति के साथ सीखने की नींव बन गए। प्राथमिक, माध्यमिक और कॉलेज की शिक्षा के दौरान मेरे शिक्षकों ने मुझे समय से कुछ दशक से आगे ही रखा। मुझे पूरा विश्वास है कि शिक्षण के पेशे में आज भी कई ऐसे शिक्षक मौजूद हैं। शिक्षा के माहौल में शिक्षकों को यह पूछना चाहिए—हम अपने आप को कैसा इनसान बनाना चाहते हैं? हम अपने बच्चों को किन क्षमताओं से सुसज्जित करना चाहते हैं? हम अपने बच्चों को आर्थिक विकास और राष्ट्र-निर्माण में योगदान देने की क्षमता देना चाहते हैं। इसे कैसे प्राप्त किया

मुझे राष्ट्र के गौरव से परिचित करवाया गया—खगोल विज्ञान और गणित में अग्रणी आर्यभट्ट, भास्कर और रामानुजन, जिन्होंने दुनिया को शून्य दिया, सूर्य के चारों ओर पृथ्वी की परिक्रमा अवधि की गणना की और संख्या सिद्धांत में कई आश्चर्यजनक अवधारणाओं की खोज की।

जाए? समकालिक विकास के पाँच क्षेत्र हैं—वित्तीय निवेश, शिक्षा और स्वास्थ्य देखभाल, सूचना और संचार प्रौद्योगिकी, बुनियादी ढाँचा विकास और महत्त्वपूर्ण प्रौद्योगिकियों में आत्मनिर्भरता।

उपर्युक्त मिशन को पाने के लिए स्कूलों और छात्रों में निम्नलिखित आवश्यक क्षमताएँ होनी चाहिए—

- अनुसंधान या जाँच-पड़ताल की क्षमता।
- रचनात्मकता और नवाचार के लिए क्षमता, विशेष रूप से ज्ञान के रचनात्मक हस्तांतरण के लिए।
- उच्च प्रौद्योगिकी का उपयोग करने की क्षमता।
- उद्यमी नेतृत्व की क्षमता।
- नैतिक नेतृत्व की क्षमता।

हमने अब तक दुनिया के दो ही आयाम देखे हैं। पहला है—मानव जाति के शानदार विकास से संबंधित वे प्रौद्योगिकीय चमत्कार, जो दुनिया की गुणवत्ता में सुधार और वैश्विक विशेषज्ञता के एकीकरण को जारी रखते हैं, जो समाज की तेज प्रौद्योगिकीय विकास को सक्षम कर सकते हैं। दूसरा आयाम है—मानवता के सामने आनेवाली चुनौतियाँ, विशेषकर असमानता। भूकंप जैसी प्राकृतिक घटनाओं को समझा जाना बाकी है; कई सामाजिक कारक हैं, जिनसे निबटा जाना है। हालाँकि जब आप इन तमाम मुद्दों को समान तरीके से देखते हैं तो आप इस बात से जरूर इत्तेफाक रखेंगे कि समाधान सिर्फ समाज, प्रौद्योगिकी और शिक्षा को

हमने अब तक दुनिया के दो ही आयाम देखे हैं। पहला है—मानव जाति के शानदार विकास से संबंधित वे प्रौद्योगिकीय चमत्कार, जो दुनिया की गुणवत्ता में सुधार और वैश्विक विशेषज्ञता के एकीकरण को जारी रखते हैं, जो समाज की तेज प्रौद्योगिकीय विकास को सक्षम कर सकते हैं।

जोड़ने में ही निहित हैं। मौजूदा चुनौतियों के लिए उपयुक्त समाधान के रूप में विज्ञान और प्रौद्योगिकी के अनुप्रयोग की आवश्यकता है। और इसके लिए जरूरत है ऐसी शिक्षा की, जो छात्रों को सामाजिक मुद्‍दों और प्रौद्योगिकी आवश्यकताओं को पहचानना सिखाती है। समाज की चुनौतियाँ और तकनीक के अनुशासन—दोनों ही सीमाहीन हैं। इसलिए शिक्षा में यह विशेषता तो होनी ही चाहिए।

मेरा दृढ़ विश्वास है कि अनुसंधान-शिक्षा-अनुसंधान का दृष्टिकोण सबसे महत्त्वपूर्ण है। शैक्षणिक संस्थानों के शिक्षकों को इसे संभव बनाने के लिए समय और संसाधनों के साथ सक्षम बनाना होगा। व्यावसायिक संस्थान अनुसंधान के क्षेत्रों की पहचान करने, कारकों को सक्षम करने, अनुसंधान प्रकाशनों को प्रोत्साहित करने, कार्य वातावरण में अनुसंधान की दृश्यता और विद्यालय से पूर्व के स्तर से अनुसंधान की मानसिकता के विचार को विकसित करने में जोर देने में सक्षम हो सकते हैं। वे अनुसंधान के क्षेत्र के अग्रदूतों और सामाजिक विकास को प्रभावित करनेवाले उनके कार्यों के उदाहरणों के जरिए अनुसंधान विषयों और प्रेरणा से संबंधित आसानी से पढ़ी जानेवाली पुस्तकें भी ला सकते हैं।

शैक्षणिक संस्थानों के शिक्षकों को इसे संभव बनाने के लिए समय और संसाधनों के साथ सक्षम बनाना होगा। व्यावसायिक संस्थान अनुसंधान के क्षेत्रों की पहचान करने, कारकों को सक्षम करने, अनुसंधान प्रकाशनों को प्रोत्साहित करने, कार्य वातावरण में अनुसंधान की दृश्यता और विद्यालय से पूर्व के स्तर से अनुसंधान की मानसिकता के विचार को विकसित करने में जोर देने में सक्षम हो सकते हैं।

देश में कई इंजीनियरिंग कॉलेज मौजूद हैं और हमें यह भी पता चला है कि उनमें से कई में पूरे दाखिले भी नहीं हो पाते हैं। इसके अलावा, हमने यह भी सुना है कि पढ़ाई पूरी करने के बाद छात्रों को रोजगार नहीं मिल रहे हैं।

रोजगार प्रदान करनेवाले संस्थान अकसर इस बात पर जोर देते हैं कि उन्हें मिलनेवाली शिक्षा रोजगार के हिसाब से पर्याप्त नहीं है।

कौशल विकास को लेकर भी हम दैनिक आधार पर यह सुनते हैं कि हमारे गाँवों और शहरों में पर्याप्त रूप से कुशल लोग मौजूद नहीं हैं। ऐसे में, यह एक बेहद मिथ्याभासी स्थिति है। ऐसे समय में, जब समाज को बड़ी संख्या में इंजीनियरिंग में विशेषज्ञ और कुशल लोगों की आवश्यकता है, वास्तविकता यह है कि कई मामलों में तो शैक्षिक संस्थानों से बाहर आनेवाला उत्पाद ठीक नहीं है। और भारत में विश्व की सबसे बड़ी युवा शक्ति मौजूद है। वहीं दूसरी तरफ, भारत को बड़ी संख्या में योग्य जन-शक्ति की आवश्यकता है। हमें दो दिशाओं में काम करने की आवश्यकता है—एक है विभिन्न स्तरों पर आवश्यक कौशल का प्रसार और उन्हें उपलब्ध करवाना। हमें पाठ्यक्रम की सामग्री की समीक्षा करने और इस पहलू के लिए पर्याप्त समय देने की आवश्यकता है। पेशेवर और संस्थान इसमें एक अच्छी भूमिका निभा सकते हैं। छात्रों को जिन कौशलों का प्रशिक्षण दिया जाए, वे वैश्विक स्तर के होने चाहिए। हमें युवाओं को उद्यमशीलता प्रदान करने पर भी ध्यान देने की आवश्यकता है, ताकि वे रोजगार चाहनेवालों के बजाय रोजगार के सृजनकर्ता बनें। सारांश में, शिक्षा की रणनीति को सामाजिक चुनौतियों और प्रौद्योगिकीय विकास को संबोधित करना है और प्रौद्योगिकी एवं संचार

कौशल विकास को लेकर भी हम दैनिक आधार पर यह सुनते हैं कि हमारे गाँवों और शहरों में पर्याप्त रूप से कुशल लोग मौजूद नहीं हैं। ऐसे में, यह एक बेहद मिथ्याभासी स्थिति है। ऐसे समय में, जब समाज को बड़ी संख्या में इंजीनियरिंग में विशेषज्ञ और कुशल लोगों की आवश्यकता है, वास्तविकता यह है कि कई मामलों में तो शैक्षिक संस्थानों से बाहर आनेवाला उत्पाद ठीक नहीं है।

कौशल में मजबूत बुनियादी बातों के साथ-साथ अनुसंधान व कौशल पर भी ध्यान केंद्रित करना है।

अगर इन तमाम विशेषताओं को प्रधानाध्यापक द्वारा, शिक्षक द्वारा, माता-पिता द्वारा एक छात्र में समाहित किया जाता है तो उसके भीतर ताउम्र सीखने की ललक पैदा होगी और साथ ही वह दूसरों के लिए एक उदाहरण भी स्थापित करेगा। एक संपूर्ण शिक्षार्थी न केवल कक्षा में सीखेगा, बल्कि पर्यावरण से भी सीखेगा। मेरा दृढ़ विश्वास है कि शिक्षकों का मिशन संपूर्ण शिक्षार्थियों का सृजन करना है।

अगर इन तमाम विशेषताओं को प्रधानाध्यापक द्वारा, शिक्षक द्वारा, माता-पिता द्वारा एक छात्र में समाहित किया जाता है तो उसके भीतर ताउम्र सीखने की ललक पैदा होगी और साथ ही वह दूसरों के लिए एक उदाहरण भी स्थापित करेगा। एक संपूर्ण शिक्षार्थी न केवल कक्षा में सीखेगा, बल्कि पर्यावरण से भी सीखेगा।

आखिर वह कैसा स्कूल है, जो संपूर्ण शिक्षार्थियों का निर्माण करता है?

जानकारी हासिल करने के लिए पूछताछ या नवीनतम तकनीकों का उपयोग करके अनुसंधान के जरिए सीखना महत्त्वपूर्ण है।

छात्रों के खुद को पढ़ाना सीखने या फिर दूसरे छात्रों को पढ़ाने के जरिए स्कूलों में रचनात्मकता पनपनी चाहिए।

दूसरों को देने के महत्त्व को यह सवाल पूछकर बढ़ावा दिया जाना चाहिए कि मेरा सीखना दूसरों के लिए कैसे लाभदायी साबित हो सकता है? मैं अपने खुद के विकास और साथ ही दूसरों के तथा देश के विकास में कैसे अपना योगदान दे सकता हूँ?

नैतिक विकास आत्मसात् करने के लिए टीमवर्क, फेयर प्ले, सहयोग, चीजों को सही तरीके से करना और सही काम करना, कड़ी मेहनत और अपने से बड़े होने के लिए प्रतिबद्धता जैसे मूल्यों पर जोर दिया जाना चाहिए—और

वह भी अपनी सांस्कृतिक संरचना एवं हमारी अपनी नीति को ध्यान में रखते हुए।

साथियो, मैं एक शिक्षक हूँ और शिक्षकों व छात्रों के साथ काम करता हूँ। महान् शिक्षकों के आधार पर मैं शिक्षकों के मिशन से संबंधित कुछ विचार साझा करना चाहूँगा।

शिक्षक का काम छात्रों को रचनात्मक बनाने के साथ उन्हें उत्कृष्टता प्राप्त करने के लिए बढ़ावा देना है। उनकी कक्षा में औसत छात्र जैसा कुछ नहीं होता। प्रत्येक छात्र को चोटी पर पहुँचना चाहिए। शिक्षक का उदात्त जीवन छात्रों के लिए एक संदेश बन जाता है।

(6 फरवरी, 2015 को बहरीन के इंडियन स्कूल में भारतीय स्कूलों के प्रधानाध्यापकों एवं शिक्षकों को संबोधन और संवाद के दौरान दिया गया उद्बोधन।)

□

रचनात्मक नेतृत्वकर्ताओं का विकास

एक नेतृत्वकर्ता को ईमानदारी के साथ काम करना चाहिए
और ईमानदारी के साथ ही सफल होना चाहिए।

मेरी पुस्तक 'तेजस्वी मन' का जन्म वर्ष 2001 में 'मानवीय स्थिति को आगे बढ़ानेवाले ऐसे नैतिक वैज्ञानिकों के मस्तिष्कों को प्रज्वलित और पोषित करने' के मेरे व्यक्तिगत मिशन के चलते हुआ। मेरी पेशेवर जिम्मेदारियों ने मुझे प्रौद्योगिकी और मिशनों के लिए विभिन्न स्तरों पर रचनात्मक और विकसित नेतृत्व के गुणों को समझने के अवसर प्रदान किए। वैश्विक नेतृत्वकर्ताओं, महान् दार्शनिकों और बदलाव लानेवालों की आत्मकथाएँ व अभिव्यक्तियाँ हमेशा से ही प्रेरणादायक रही हैं। जब मैं भारत के 'विजन-2020' के विकास के लिए नियुक्त एक राष्ट्रीय टीम का हिस्सा था तो प्रौद्योगिकी, समाज और राष्ट्र के बारे में नेतृत्व की धारणा ज्ञानवर्धक थी। युवाओं के साथ बातचीत और विकास पर केंद्रित उनके सवालों ने मुझे नेतृत्व के गुणों पर और अधिक ध्यान देने को मजबूर किया। राष्ट्रपति बनने और उसके बाद मुझे राष्ट्रीय व वैश्विक स्तर पर महान् नेतृत्वकर्ताओं के साथ बातचीत करने के अवसर मिले। आप मुझसे सहमत होंगे कि शांति और समृद्धि के लिए मानव जाति की आकांक्षाओं को साकार करने के लिए कार्यात्मक, संगठनात्मक, राष्ट्रीय एवं वैश्विक स्तर पर रचनात्मक नेतृत्व एक आवश्यक घटक है।

तो रचनात्मक नेतृत्व विकसित कैसे किया जाए? शुरू करने के लिए रचनात्मक नेतृत्व के लक्षण निम्नलिखित हैं—

- कल्पना करना।
- अनुभव करने में सक्षम मध्य मार्ग-प्रबंधन।
- नवजात प्रौद्योगिकी और ध्यान लगाने की सामाजिक क्षमता का अनुमान लगाने की दूरदर्शिता।

- हरित क्रांति, संस्थागत ढाँचे और संगठनात्मक संस्कृति के जरिए किसानों और प्रशासकों की वैज्ञानिक प्रतिभा का संश्लेषण।
- विज्ञान में जीवनपर्यंत मिशन।
- सक्षम और ईमानदार परियोजना प्रशासन।

आइए, राष्ट्रपिता महात्मा गांधी के अनुभव के साथ शुरुआत करते हैं। उन्होंने अहिंसा के अपने अभिनव सिद्धांत के जरिए हमारे देश को अंग्रेजों के शासन से आजादी दिलवाई। कुछ वर्ष पूर्व मुझे इस बात का एक अभिनव अनुभव हुआ कि एक अकेला नेता कैसे एक बड़ी आबादी को प्रेरित कर सकता है। मुझे नई दिल्ली में महात्मा गांधी की पौत्री श्रीमती सुमित्रा कुलकर्णी से मुलाकात का अवसर मिला। उन्होंने मुझे अपने दादाजी से जुड़ा एक प्रसंग सुनाया, जिसकी साक्षी वे खुद रही थीं।

राष्ट्रपिता महात्मा गांधी के अनुभव के साथ शुरुआत करते हैं। उन्होंने अहिंसा के अपने अभिनव सिद्धांत के जरिए हमारे देश को अंग्रेजों के शासन से आजादी दिलवाई। कुछ वर्ष पूर्व मुझे इस बात का एक अभिनव अनुभव हुआ कि एक अकेला नेता कैसे एक बड़ी आबादी को प्रेरित कर सकता है।

जैसाकि आप सभी को ज्ञात है कि गांधीजी प्रतिदिन शाम को एक नियत समय पर प्रार्थना सभा आयोजित किया करते थे। प्रार्थना के बाद आमतौर पर जरूरतमंदों के कल्याण के लिए स्वैच्छिक उपहारों को जमा किया जाता था। उनके अनुयायी समाज के सभी वर्गों द्वारा जो कुछ भी दिया जाता था, उसे जमा करते थे और फिर सहायक कर्मचारी उस सारे सामान की गिनती और हिसाब किया करते थे।

इसके बाद जमा हुई रकम की जानकारी गांधीजी को उनके रात के खाने से पहले दे दी जाती थी। अगले दिन बैंक का एक कर्मचारी उस पैसे को लेने के लिए आता। एक दिन बैंक के कर्मचारी ने उन्हें बताया कि जमा की गई और उसे सौंपी गई रकम में कुछ पैसों का हेर-फेर है। यह सुनते ही गांधीजी यह कहते हुए उपवास पर बैठ गए कि यह सारा दान गरीबों के लिए है और

हमें एक-एक आने का हिसाब देना होगा।

प्यारे साथियो, पवित्रता का ऐसा काम हम सबके द्वारा भी किया जाना चाहिए। आनेवाले कल के प्रबंधकों और नेतृत्वकर्ताओं के रूप में आप सबको अपने तमाम विचारों और कार्यों में पवित्रता का अभ्यास करने के लिए खुद को समर्पित करना चाहिए।

मुझे 16 सितंबर, 2004 को दक्षिण अफ्रीका के डरबन राज्य द्वारा वर्ष 1900 की विंटेज ट्रेन के प्रथम श्रेणी के डिब्बे में की गई अपनी यात्रा याद है। जब ट्रेन एक स्टेशन से दूसरे स्टेशन को जा रही थी, मेरे मस्तिष्क में महात्मा गांधी द्वारा दक्षिण अफ्रीका में रंगभेद की नीति के विरुद्ध किया गया संघर्ष दौड़ रहा था।

ट्रेन पीटरमार्टिजबर्ग स्टेशन पर रुकी, जहाँ रंगभेद रूपी राक्षस ने एक कड़ाके की सर्दी भरी रात में गांधीजी को डसा था। उनकी त्वचा के रंग की वजह से उन्हें प्रथम श्रेणी के डिब्बे से बाहर निकाल दिया गया था। जब मैं पीटरमार्टिजबर्ग स्टेशन पर गया तो मुझे वहाँ एक पट्टिका दिखाई दी, जिस पर लिखा था—

इस तख्ती के आसपास ही
एम.के. गांधी को फेंका गया था
एक प्रथम श्रेणी के
डिब्बे से रात को।
7 जून, 1893 की
उस घटना ने बदल दिया
उनके जीवन का रास्ता।
उन्होंने लड़ाई का झंडा बुलंद किया
नस्लीय उत्पीड़न के विरुद्ध,
उनकी सक्रिय अहिंसा
उसी तारीख से शुरू हुई।

यह 300 ईसा पूर्व में कलिंग युद्ध के बाद अहिंसा धर्म का पुनर्जन्म था।

गांधीजी ने बाद में अहिंसा धर्म का विकास किया और भारत को स्वतंत्रता पाने के लिए एक शक्तिशाली उपकरण दिया। वह अब्राहम लिंकन द्वारा गेटिसबर्ग में दिए गए भाषण से प्रभावित थे। गांधीजी के उपदेश अहिंसक आंदोलनों के प्रेरणास्रोत साबित हुए, विशेषकर अमेरिका में नागरिक अधिकारों के लिए लड़नेवाले नेता मार्टिन लूथर किंग के नेतृत्व में।

पीटरमार्टिजबर्ग रेलवे स्टेशन पर खड़े रहने के दौरान मेरे विचार दक्षिण अफ्रीका में मिलनेवाले दो अनुभवों के आसपास ही मँडरा रहे थे। एक दृश्य तो था रॉबेन द्वीप का, जहाँ डॉ. नेल्सन मंडेला को 26 वर्षों के लिए एक बेहद छोटी सी कोठरी में कैद रखा गया था और दूसरा था डॉ. नेल्सन मंडेला के घर का।

पीटरमार्टिजबर्ग रेलवे स्टेशन पर खड़े रहने के दौरान मेरे विचार दक्षिण अफ्रीका में मिलनेवाले दो अनुभवों के आसपास ही मँडरा रहे थे। एक दृश्य तो था रॉबेन द्वीप का, जहाँ डॉ. नेल्सन मंडेला को 26 वर्षों के लिए एक बेहद छोटी सी कोठरी में कैद रखा गया था और दूसरा था डॉ. नेल्सन मंडेला के घर का।

केपटाउन अपने टेबल माउंटेन के लिए प्रसिद्ध है। इसमें टेबल पीक, डेविल पीक और फेक पीक नामक तीन चोटियाँ मौजूद हैं। इन चोटियों के बीच पूरे दिन बेहद मनोहर दृश्य रहा और कभी काले तो कभी सफेद बादल चोटियों पर अठखेलियाँ करते रहे। टेबल माउंटेन अटलांटिक महासागर के बहुत करीब है। मैं हेलिकॉप्टर से केपटाउन से रॉबेन द्वीप तक सिर्फ दस मिनट की उड़ान से पहुँच गया। हमारे द्वीप पर पहुँचने के बाद सिर्फ समुद्र की गर्जना के अलावा पूरा द्वीप बिल्कुल शांत था। यह वो स्थान था, जहाँ व्यक्तियों की स्वतंत्रता को जंजीर से बाँधा गया था। डॉ. नेल्सन मंडेला के साथ कैदी के रूप में रहनेवाले एक दक्षिण अफ्रीकी श्रीमान अहमद कथराडा ने द्वीप पर हमारा स्वागत किया। मुझे सबसे अधिक आश्चर्य उस छोटे से कमरे को देखकर हुआ, जिसमें सोने सहित सभी मानव आवश्यकताओं को पूरा करना पड़ता था। यहाँ पर यह याद

रखा जरूरी है कि डॉ. नेल्सन मंडेला, जिनकी लंबाई 6 फीट थी, को रंगभेद के खिलाफ लड़ाई के चलते 26 वर्षों तक इस कोठरी में कैद करके रखा गया। उनके जीवन का एक प्रमुख हिस्सा इस शांत द्वीप पर बीता था। उन्हें तेज धूप में एक नजदीकी पहाड़ी पर उत्खनन के लिए ले जाया जाता था। यही वह समय था, जब उनकी दृष्टि प्रभावित हुई। अपने शरीर पर अत्याचार किए जाने के बावजूद उन्होंने दुनिया को अपने कभी हार न माननेवाले जज्बे से रू-बरू करवाया। प्रतिदिन जब जेल के वॉर्डन सोने के लिए चले जाते थे तो उस दौरान उन्होंने बेहद छोटे अक्षरों में स्वतंत्रता की एक पांडुलिपि तैयार की। यह पांडुलिपि एक प्रसिद्ध पुस्तक 'ए लॉन्ग वॉक टू फ्रीडम' बन गई।

मेरे लिए डॉ. नेल्सन मंडेला से जोहांसबर्ग स्थित उनके घर में मिलना एक बड़ी घटना थी। क्या शानदार स्वागत, छियासी साल की उम्र में भी वे पूरे जोशो-खरोश और मुसकराहट के साथ मिले। प्यारे साथियो, मैं आप सबके साथ साझा करना चाहता हूँ कि जब मैंने डॉ. नेल्सन मंडेला के घर में कदम रखा तो मैंने उनकी प्रसन्नचित्तता देखी—वह पराक्रमी मनुष्य, जिसने दक्षिण अफ्रीका को रंगभेद के अत्याचार से मुक्ति दिलवाई।

> ***मेरे लिए डॉ. नेल्सन मंडेला से जोहांसबर्ग स्थित उनके घर में मिलना एक बड़ी घटना थी। क्या शानदार स्वागत, छियासी साल की उम्र में भी वे पूरे जोशो-खरोश और मुसकराहट के साथ मिले।***

जब मैं वहाँ से वापसी के लिए निकला तो वे स्वयं उठकर मुझे पोर्टिको तक छोड़ने आए। उन्होंने चलते हुए अपनी छड़ी का सहारा नहीं लिया और मैं ही उनका सहारा बना। चलते हुए मैंने उनसे पूछा, "डॉ. मंडेला, क्या आप मुझे दक्षिण अफ्रीका के रंगभेद-विरोधी आंदोलन के नेतृत्वकर्ताओं के बारे में बता सकते हैं?" उन्होंने तुरंत जवाब दिया, "बेशक, दक्षिण अफ्रीका के स्वतंत्रता आंदोलन के महान् नेतृत्वकर्ताओं में से एक एम.के. गांधी। भारत ने हमें एम.के. गांधी दिए और हमने दो दशक बाद आपको महात्मा गांधी लौटाए।"

महात्मा गांधी अहिंसा के उपासक थे। वास्तव में, यह भारत की परंपरा

है—हम जिस भी देश में जाते हैं, उस देश को समृद्ध बनाना हमारी सबसे बड़ी जिम्मेदारी है। देश को केवल वित्तीय मामले में ही नहीं, बल्कि ज्ञान के साथ समृद्ध करना, अपने पसीने से समृद्ध करना और सबसे महत्त्वपूर्ण सम्मान एवं आत्म-गौरव से समृद्ध करना।

डॉ. नेल्सन मंडेला ने दक्षिण अफ्रीका का राष्ट्रपति बनने के बाद उन लोगों को देश में समान नागरिक के रूप में घूमने और रहने की स्वतंत्रता दी, जो रंगभेद में विशेषज्ञता रखते थे और जिन्होंने उनसे दुर्व्यवहार किया और उन्हें जेल के सीखचों के पीछे रखा।

डॉ. नेल्सन मंडेला ने दक्षिण अफ्रीका का राष्ट्रपति बनने के बाद उन लोगों को देश में समान नागरिक के रूप में घूमने और रहने की स्वतंत्रता दी, जो रंगभेद में विशेषज्ञता रखते थे और जिन्होंने उनसे दुर्व्यवहार किया और उन्हें जेल के सीखचों के पीछे रखा। जब डॉ. नेल्सन मंडेला या मदीबा, जैसा कि उन्हें स्थानीय भाषा में बुलाया जाता था, का निधन हुआ तो उन्हें कई राष्ट्राध्यक्षों की मौजूदगी में दफनाया गया।

डॉ. नेल्सन मंडेला से सीखे जानेवाले महत्त्वपूर्ण सबकों को बेहद खूबसूरती से 2,200 वर्ष पूर्व तिरुवल्लुवर द्वारा लिखे गए 'तिरुक्कुरल' में व्यक्त किया गया है—

> यह उन लोगों के लिए कहता है कि जिन्होंने आपके साथ बुरा किया है, उनके साथ अच्छा करना उनके लिए सबसे अच्छी सजा है।

दो राजनीतिक नेताओं—महात्मा गांधी एवं डॉ. नेल्सन मंडेला ने भारत और दक्षिण अफ्रीका को स्वतंत्र व लोकतांत्रिक देशों में बदल दिया। इस नेतृत्व ने कई राष्ट्रों की स्वतंत्रता के लिए मार्ग प्रशस्त किया।

अब मैं डेंग श्याओपिंग के बारे में बात करूँगा, जिन्हें चीन की औद्योगिक क्रांति के सूत्रधार के रूप में भी देखा जाता है। चीन ने उनके नेतृत्व में तेजी से बढ़ती अर्थव्यवस्था, जीवन-स्तर के बढ़ते मानकों और विश्व अर्थव्यवस्था के साथ बढ़ते संबंधों को आत्मसात् किया। दिसंबर 1978 में जब डेंग श्याओपिंग

चीन के सर्वोच्च नेता बने, तब चीन सांस्कृतिक क्रांति के दौर से गुजर रहा था। सन् 1992 में उन्होंने पद से हटने का ऐलान किया, तब तक करोड़ों चीनी नागरिकों को गरीबी से बाहर निकाला जा चुका था और चीन बेहद तेजी से मजबूत, सशक्त और अधिक आधुनिक होता जा रहा था।

आधुनिकीकरण की तैयारी के लिए डेंग ने अग्रणी आधुनिक देशों के साथ घनिष्ठ संबंध विकसित किए। उन्होंने यूरोप, जापान और अमेरिका सहित विभिन्न औद्योगिक देशों के साथ घनिष्ठ संबंधों का मार्ग प्रशस्त किया। चीन को लेकर डेंग श्याओपिंग की आर्थिक दृष्टि की प्रशंसा अंतरराष्ट्रीय स्तर पर की जाती है।

> ***अब मैं आपको अंतरिक्ष विज्ञान और प्रौद्योगिकियों के क्षेत्र में भारत के महान् दूरदर्शी प्रो. विक्रम साराभाई, जो मेरे गुरु भी थे, के बारे में बताता हूँ। जीवन की यात्रा में बहुत कम अवसरों पर ऐसा होता है कि कोई महान् व्यक्तित्व हमें सीधे तौर पर प्रभावित करता है।***

अब मैं आपको अंतरिक्ष विज्ञान और प्रौद्योगिकियों के क्षेत्र में भारत के महान् दूरदर्शी प्रो. विक्रम साराभाई, जो मेरे गुरु भी थे, के बारे में बताता हूँ। जीवन की यात्रा में बहुत कम अवसरों पर ऐसा होता है कि कोई महान् व्यक्तित्व हमें सीधे तौर पर प्रभावित करता है। मैं बहुत सौभाग्यशाली था कि मुझे सात वर्षों तक प्रो. साराभाई के साथ काम करने का अवसर मिला। उनके साथ काम करने के दौरान मैंने एक ही पन्ने के बयान में अंतरिक्ष कार्यक्रम के लिए दूरदृष्टि की भोर देखी। कई वर्षों के निरंतर काम के द्वारा इस एक पन्ने के विकास का साक्षी होना मेरे लिए वास्तव में एक बड़ी सीख थी।

प्रो. विक्रम साराभाई द्वारा वर्ष 1970 में तैयार किया गया प्रसिद्ध विजन स्टेटमेंट अभिव्यक्त करता है, "भारत को अपने शक्तिशाली वैज्ञानिक ज्ञान और युवा शक्ति के साथ अपने विशाल रॉकेट सिस्टम (उपग्रह प्रक्षेपण यान) का निर्माण करना चाहिए और अपने स्वयं के संचार, रिमोट सेंसिंग एवं मौसम संबंधी अंतरिक्ष यान का निर्माण करना चाहिए तथा उपग्रह संचार, सुदूर संवेदी

और मौसम विज्ञान में भारतीय जीवन को समृद्ध करने के लिए अपनी धरती से लॉञ्च करना चाहिए।" आज, जब मैं उनके इस विजन स्टेटमेंट को देखता हूँ तो मैं इसके नतीजों को देखकर अभिभूत हो उठता हूँ। आज भारत किसी भी प्रकार के उपग्रह प्रक्षेपण यान, किसी भी प्रकार के अंतरिक्ष यान का निर्माण कर सकता है और भारतीय धरती से उसे प्रक्षेपित कर सकता है। उसके पास अपनी शक्तिशाली सुविधाओं और शक्तिशाली मानव संसाधन के साथ तमाम क्षमताएँ मौजूद हैं। अंतरिक्ष प्रौद्योगिकी और अंतरिक्ष विज्ञान के जरिए भारत पृथ्वी को समृद्ध करने और आगे की खोज को सक्षम करने के क्रम में वैश्विक अंतरिक्ष कार्यक्रम में भागीदार बन सकता है। मैं खुद इस बात का साक्षी रहा हूँ कि कैसे अंतरिक्ष में अंतरराष्ट्रीय समुदाय इस उच्च तकनीक का लाभ आम लोगों तक पहुँचाने की भारतीय क्षमताओं की सराहना कर रहा है।

एम.एस. स्वामीनाथन को भारत में गेहूँ की उच्च उपज वाली किस्मों को पेश करने और आगे बढ़ाने में उनके नेतृत्व एवं सफलता के लिए 'हरित क्रांति के जनक' के रूप में जाना जाता है। स्वामीनाथन ने करीब 30 लाख लोगों की जान लेनेवाले सन् 1943 के बंगाल के अकाल के चलते कृषि को अपना कार्यक्षेत्र बनाया।

एम.एस. स्वामीनाथन को भारत में गेहूँ की उच्च उपज वाली किस्मों को पेश करने और आगे बढ़ाने में उनके नेतृत्व एवं सफलता के लिए 'हरित क्रांति के जनक' के रूप में जाना जाता है। स्वामीनाथन ने करीब 30 लाख लोगों की जान लेनेवाले सन् 1943 के बंगाल के अकाल के चलते कृषि को अपना कार्यक्षेत्र बनाया। लालच ने उस अकाल में एक भयानक कीमत तय की, क्योंकि लोगों ने भोजन की कीमतें आसमान छू लेने तक उसकी जमाखोरी कर ली थी।

स्वामीनाथन ने दुनिया भर में अपने सहयोगियों और छात्रों के साथ मिलकर बुनियादी और अनुप्रयुक्त पादप प्रजनन, कृषि अनुसंधान एवं विकास और प्राकृतिक संसाधनों के संरक्षण से जुड़ी कई समस्याओं पर काम किया।

सन् 1983 में उन्होंने किसानों के अधिकारों की अवधारणा और इंटरनेशनल अंडरटेकिंग ऑन प्लांट जेनेटिक रिसोर्सेज (आई.यू.पी.जी.आर.) की संकल्पना विकसित की। उन्हें जेनेटिक्स की अंतरराष्ट्रीय कांग्रेस का अध्यक्ष चुना गया था। उन्हें अक्तूबर 1987 में पहला 'विश्व खाद्य पुरस्कार' मिला। स्वामीनाथन के अथक प्रयास यह जागरूकता जगाने में सफल हुए कि भूख कोई प्राकृतिक आपदा नहीं, बल्कि मानव के व्यवहार के चलते होनेवाली एक आपदा है। मनुष्य के द्वारा पैदा की जानेवाली समस्याओं का हल भी मनुष्य के द्वारा ही तलाशा जाता है। भारत की पहली हरित क्रांति का नेतृत्व उन्होंने अपनी टीम के साथ किया, जिसमें राजनीतिक स्वप्नदर्शी डॉ. सी. सुब्रमण्यम ने उन्हें निर्देशित किया और किसानों ने सहयोग प्रदान किया। उन्होंने भारत को उस स्थिति से मुक्त किया, जिसे 'जहाज से सीधे मुँह में' कहा जाता था। ऐतिहासिक महत्ता के इस प्रयास के जरिए भारत ने 'बीज से अनाज' मिशन के जरिए भोजन में आत्मनिर्भरता पाने में सफलता प्राप्त की। निश्चित ही, इसे संभव बनाने में देश के किसानों का बड़ा हाथ रहा, जिन्होंने वैज्ञानिकों के साथ काम करने में एक बेहद महत्त्वपूर्ण भूमिका निभाई।

स्वामीनाथन के अथक प्रयास यह जागरूकता जगाने में सफल हुए कि भूख कोई प्राकृतिक आपदा नहीं, बल्कि मानव के व्यवहार के चलते होनेवाली एक आपदा है। मनुष्य के द्वारा पैदा की जानेवाली समस्याओं का हल भी मनुष्य के द्वारा ही तलाशा जाता है।

चंद्रशेखर सुब्रमण्यन की सबसे प्रसिद्ध खोज खगोल भौतिकी चंद्रशेखर लिमिट थी। चंद्रशेखर लिमिट किसी स्थायी श्वेत बौने नक्षत्र के अधिकतम संभावित द्रव्यमान (~1.44 सौर द्रव्यमान से अधिक) या समतुल्य रूप से उस न्यूनतम द्रव्यमान का वर्णन करती है, जिसमें एक तारा अंततः पहले एक न्यूट्रॉन तारे या फिर ब्लैक होल में टूट जाएगा और उसके बाद सुपरनोवा में। चंद्रशेखर लिमिट ने यह निर्धारित करने में मदद की कि एक विशेष द्रव्यमान वाला तारा कब तक चमकेगा। चंद्रशेखर सुब्रमण्यन को अपनी इस खोज के

लिए सन् 1983 में 'नोबेल पुरस्कार' से सम्मानित किया गया।

सन् 1947 में चंद्रशेखर के दो छात्र त्सुंग-दाओ ली और चेन निंग यांग कण भौतिकी अनुसंधान में डॉक्टरेट के उम्मीदवार थे। चंद्रशेखर सुब्रमण्यन ने लेक जिनेवा, विस्कॉन्सिन में यरकस वेधशाला में स्थित अपने कार्यालय में काम करना जारी रखा; लेकिन वे बेहद खराब मौसम के बावजूद नियमित रूप से ली तथा यांग सहित अन्यों का मार्गदर्शन करने और उन्हें सिखाने के लिए कई बार शिकागो तक 100 मील के लिए खुद गाड़ी चलाकर जाते थे। सन् 1957 में उनके दो छात्रों ने अपने काम के लिए भौतिकी का 'नोबेल पुरस्कार' जीता। उनके छात्रों को उनसे तीन दशक पहले ही नोबेल पुरस्कार मिल चुका था। यह विज्ञान और अपने छात्रों के प्रति चंद्रशेखर सुब्रमण्यन की प्रतिबद्धता का भी द्योतक है। चंद्रशेखर के लिए विज्ञान वास्तव में जीवन भर का एक मिशन था। यही वह विशेषता है, जो युवाओं को विज्ञान के प्रति उत्साही बनाती है।

प्रो. सतीश धवन ने प्रो. साराभाई के बाद इसरो के अध्यक्ष का पद सँभाला। वे एक शानदार शिक्षाविद् और एक बेहद चतुर प्रबंधक थे। उन्होंने विभिन्न संगठनों, उद्योगों, शैक्षणिक संस्थानों और अनुप्रयोग उपयोगकर्ताओं को इंटरलिंक करने के लिए भारतीय अंतरिक्ष अनुसंधान एवं विकास प्रयासों का एक संस्थागत ढाँचा तैयार किया।

प्रो. सतीश धवन ने प्रो. साराभाई के बाद इसरो के अध्यक्ष का पद सँभाला। वे एक शानदार शिक्षाविद् और एक बेहद चतुर प्रबंधक थे। उन्होंने विभिन्न संगठनों, उद्योगों, शैक्षणिक संस्थानों और अनुप्रयोग उपयोगकर्ताओं को इंटरलिंक करने के लिए भारतीय अंतरिक्ष अनुसंधान एवं विकास प्रयासों का एक संस्थागत ढाँचा तैयार किया। इसके अलावा विकास, परियोजनाओं, कार्यक्रमों और मिशन प्रबंधन के लिए एक संगठनात्मक संस्कृति बनाने में उन्होंने बहुत महत्त्वपूर्ण योगदान दिया।

आखिर में, मैं आपके साथ नेतृत्व की सफलता की एक हालिया कहानी

साझा करूँगा। ई. श्रीधरन को 'मेट्रो मैन ऑफ इंडिया' के रूप में जाना जाता है। उन्होंने वर्ष 1995-2012 के बीच दिल्ली मेट्रो के प्रबंध निदेशक के रूप में अपनी सेवाएँ प्रदान कीं। दिसंबर 1964 में एक चक्रवात ने मेरे जन्म-स्थान रामेश्वरम को मुख्य भूमि तमिलनाडु से जोड़नेवाले पम्बन पुल के कुछ हिस्सों को ध्वस्त कर दिया। रेलवे ने तीन महीनों में पुल की मरम्मत करने का समय निश्चित किया। श्रीधरन को इस काम को पूरा करने की जिम्मेदारी सौंपी गई और उन्होंने मात्र 46 दिनों में उस पुल को दोबारा तैयार कर दिया।

सन् 1970 में ई. श्रीधरन को भारत की पहली मेट्रो कलकत्ता मेट्रो के कार्यान्वयन, योजना और डिजाइन का प्रभारी बनाया गया। उन्हें सन् 1990 में अनुबंध पर कोंकण रेलवे का अध्यक्ष नियुक्त किया गया था। यह बी.ओ.टी. (बिल्ड-ऑपरेट-ट्रांसफर) के आधार पर शुरू होनेवाली भारत की पहली बड़ी परियोजना थी। यह पूरी परियोजना 760 किलोमीटर की दूरी तय करती थी, जिसमें 150 से अधिक पुल और बलुआ मिट्टी से गुजरनेवाली 93 सुरंगें थीं। सार्वजनिक क्षेत्र की किसी परियोजना को बिना लागत बढ़ाए और समय पर पूरा किया जाना भारत में एक अपवाद के रूप में ही देखा जाता था। श्रीधरन ने निर्धारित तिथि तक या फिर उससे पहले ही दिल्ली मेट्रो का निर्माण करके, और वह भी उनके निर्धारित बजट में, सफलता की कहानी दोबारा दोहराई। वे काम के मानकों, समय-सीमा और वित्तीय प्रबंधन में सत्यनिष्ठा को लेकर किसी भी प्रकार का समझौता न करनेवाले एक आदर्शवादी के रूप में उभरकर सामने आए हैं। फ्रांस सरकार ने वर्ष 2005 में उन्हें 'शेवेलियर डी ला लीजन

सन् 1970 में ई. श्रीधरन को भारत की पहली मेट्रो कलकत्ता मेट्रो के कार्यान्वयन, योजना और डिजाइन का प्रभारी बनाया गया। उन्हें सन् 1990 में अनुबंध पर कोंकण रेलवे का अध्यक्ष नियुक्त किया गया था। यह बी.ओ.टी. (बिल्ड-ऑपरेट-ट्रांसफर) के आधार पर शुरू होनेवाली भारत की पहली बड़ी परियोजना थी।

डी'ओनूर' (नाइट ऑफ द लीजन ऑफ ऑनर) से सम्मानित किया था।

तो हमें पता चलता है—

- नेतृत्वकर्ता को एक अज्ञात मार्ग पर आगे बढ़ने में सक्षम होना चाहिए।
- नेतृत्वकर्ता को सफलता और विफलता का प्रबंधन कैसे करना है, यह आना चाहिए।
- नेतृत्वकर्ता में निर्णय लेने का साहस होना चाहिए।
- नेतृत्वकर्ता के प्रबंधन में कुलीनता होनी चाहिए।
- नेतृत्वकर्ता का प्रत्येक कार्य बिल्कुल पारदर्शी होना चाहिए।
- नेतृत्वकर्ता को ईमानदारी के साथ काम करना चाहिए और ईमानदारी के साथ सफल होना चाहिए।

मैं भारत एवं विदेशों में मौजूद छात्रों और विभिन्न क्षेत्रों से जुड़े प्रतिष्ठित लोगों के साथ रचनात्मक नेतृत्वकर्ताओं के इन आवश्यक लक्षणों को लेकर चर्चा करता आया हूँ। इसके अलावा, युवाओं के बीच इस भावना को जाग्रत् करना भी बेहद आवश्यक है कि मैं यह कर सकता हूँ, हम यह कर सकते हैं और देश यह कर सकता है। एक आपस में जुड़ी हुई दुनिया में यह भी जोड़ा जा सकता है कि विश्व भी पूरी मानव जाति के विकास के लिए यह कर सकता है। हमें युवाओं के बीच नेतृत्व के गुण और प्रदर्शन करने के विश्वास को विकसित करने पर ध्यान केंद्रित करना होगा। नेतृत्व का यह गुण निश्चित रूप से दुनिया के लोगों को और अधिक सशक्त करेगा।

(7 नवंबर, 2014 को बीजिंग की पेकिंग यूनिवर्सिटी में 'सस्टेनेबल डेवलपमेंट सिस्टम एंड क्रिएटिव लीडरशिप' के कोर्स से।)

□

दिल से घाव भरना

मन-शरीर और दवा के बीच गहरा रिश्ता है।

चिकित्सा के पेशे के कई आयाम होते हैं। सबसे पहले मैं काठमांडू के एक प्रमुख मठवासी और चिकित्सा शोधार्थी चोआकी न्यिमा रिनपोचे के साथ हुए अनुभव को साझा करता हूँ। करीब एक किलोमीटर पैदल चलने के बाद मैं एक सफेद कुंभ तक पहुँचा, जहाँ प्रमुख मठवासी और उनके शिष्य स्वागत के लिए मेरा इंतजार कर रहे थे। मेरे स्वागत के बाद रिनपोचे बोले, "आइए, अब अध्ययन कक्ष की ओर चलते हैं।" और मैं उनके पीछे चल दिया। वे पहली मंजिल, फिर दूसरी मंजिल, फिर चौथी मंजिल और आखिर में पाँचवीं मंजिल तक एक युवा लड़के जितनी आसानी से चढ़ गए। संभवतः उनके मन व शरीर पर उनकी स्वस्थ जीवन-शैली का सकारात्मक प्रभाव पड़ा था। पूरे रास्ते मैं उनके पीछे ही रहा। उनके कक्ष में पहुँचने पर मुझे हिमालय को पीछे छोड़ते हुए आध्यात्मिक वातावरण में स्थित एक प्रयोगशाला दिखाई दी। जिस चीज ने मुझे सबसे अधिक चौंकाया, वे थे उनके शोध-छात्र, जो दुनिया के विभिन्न हिस्सों से आए थे। उन्होंने मुझे अपने सह-लेखक डेविड आर. शिलम, एम.डी. से मिलवाया। उन्होंने डेविड आर. शिलम के साथ मिलकर 'मेडिसिन एंड कंपेशन' शीर्षक से एक पुस्तक लिखी है। चोआकी न्यिमा रिनपोचे और मैंने आपस में कुछ पुस्तकों का आदान-प्रदान किया। मुझे उनकी पुस्तक बेहद पसंद आई और मैंने काठमांडू से दिल्ली की यात्रा के दौरान उसे पढ़ डाला। उस पुस्तक में छह ऐसे महत्त्वपूर्ण सद्गुण दिए गए हैं, जो किसी भी चिकित्सा व्यवसायी को अपने रोगियों के प्रति अपनाने चाहिए—

- उदारता,
- शुद्ध आचार,

- सहनशीलता,
- दृढ़ता,
- शुद्ध एकाग्रता का संवर्धन,
- बुद्धिमत्ता।

ये सद्गुण देखभाल करनेवालों को मानवीय हृदय के साथ सशक्त करेंगे।

मुझे इस बात का पूरा भरोसा है कि जो लोग चिकित्सक बनना चाहते हैं या फिर चिकित्सक बनने के लिए अध्ययन कर रहे हैं, वे मरीजों का इलाज करने के दौरान इन छह सद्गुणों को एक आदत के रूप में अपनाएँगे। यह मन-शरीर और दवाओं के बीच तालमेल का एक शानदार उदाहरण है।

दुनिया पर्यावरण के साथ छेड़छाड़, ग्लोबल वार्मिंग और ग्रह के निरंतर शहरीकरण के चलते मानव पशु प्रजातियों में होनेवाले नए रोगों से बढ़ते खतरे का सामना कर रही है। पिछले दो दशकों में ऐसी कम-से-कम 45 बीमारियाँ हैं, जो पशुओं से मनुष्यों में प्रेषित हुई हैं।

दुनिया पर्यावरण के साथ छेड़छाड़, ग्लोबल वार्मिंग और ग्रह के निरंतर शहरीकरण के चलते मानव पशु प्रजातियों में होनेवाले नए रोगों से बढ़ते खतरे का सामना कर रही है। पिछले दो दशकों में ऐसी कम-से-कम 45 बीमारियाँ हैं, जो पशुओं से मनुष्यों में प्रेषित हुई हैं।

विज्ञान एक ऐसा उद्यम है, जो निरंतर विकसित होता रहता है। यह प्रतिबद्ध शोधकर्ताओं की पीढ़ियों के बीच कभी न खत्म होनेवाली यात्रा है। इसलिए एक अच्छा वैज्ञानिक संस्थान नए तथ्यों को बिल्कुल वैसे ही प्राप्त करने के लिए खुला होना चाहिए, जैसे वे सामने आते हैं।

स्वास्थ्य सेवा से जुड़े पेशेवर 'मैं क्या दे सकता हूँ' के दर्शन के साथ काम करते हैं। मैं प्रार्थना करता हूँ कि आप निरंतर नए विचारों, नए उत्साह और अपने कार्य के प्रति प्रतिबद्धता के साथ सशक्त हों। 'मेरा मस्तिष्क इनके दर्द को

दूर करने और जरूरतमंदों की भी सहायता करने में सक्षम हो', इनका आदर्श वाक्य होना चाहिए। माउंट आबू में डी.आर.डी.ओ. की दो प्रयोगशालाओं के साथ मिलकर संचालित होनेवाला वैश्विक अस्पताल कुछ वर्षों से एलोपैथिक रूप से उपचारित हृदय रोगियों पर शरीर-मन-आत्मा के तालमेल के अनुप्रयोग पर काम कर रहा है। उन्होंने वैज्ञानिक रूप से यह स्थापित किया है कि एक त्रि-आयामी समाधान निश्चित रूप से रोगियों की स्थिति में सुधार करता है और आनेवाले वर्षों में हृदय की बीमारी की पुनरावृत्ति को रोकता है। ये त्रि-आयामी समाधान हैं—फाइबर-युक्त शाकाहारी भोजन, प्रतिदिन एरोबिक व्यायाम और ध्यान संबंधी क्रियाएँ।

कुछ साल पहले मेरे एक वैज्ञानिक मित्र ने मुझे डॉ. ब्रूस लिप्टन की लिखी एक पुस्तक 'बायोलॉजी ऑफ बिलीफ्स' भेजी। लेखक जैव-विज्ञान के महानतम वैज्ञानिकों में से एक हैं और बीस साल के शोध के बाद वे इस नतीजे पर पहुँचे कि मानव रोगों की उत्पत्ति और उनके इलाज का संबंध हमारी आंतरिक सोच और हमारी जैव-कोशिकाओं के साथ है। पुस्तक एक नए दृष्टिकोण के बारे में बात करती है, जो प्लेसीबो प्रभाव के महत्त्व पर प्रकाश डालती है और इस पर भी कि वास्तव में यह एक शक्तिशाली विश्वास कैसे है? लेखक कहते हैं, "डॉक्टरों को विश्वास की शक्ति को रसायनों और स्केलपेल की शक्ति से कम करके नहीं आँकना चाहिए। उन्हें इस बात को भूल जाना चाहिए कि शरीर और उसके हिस्से अनिवार्य रूप से मूर्ख हैं।"

कुछ साल पहले मेरे एक वैज्ञानिक मित्र ने मुझे डॉ. ब्रूस लिप्टन की लिखी एक पुस्तक 'बायोलॉजी ऑफ बिलीफ्स' भेजी। लेखक जैव-विज्ञान के महानतम वैज्ञानिकों में से एक हैं और बीस साल के शोध के बाद वे इस नतीजे पर पहुँचे कि मानव रोगों की उत्पत्ति और उनके इलाज का संबंध हमारी आंतरिक सोच और हमारी जैव-कोशिकाओं के साथ है।

महात्मा गांधी ने अपने एक काम के जरिए एक-एक करके बताया है कि कैसे विचार भाग्य की ओर ले जाते हैं। उन्होंने कहा—

'आपके विश्वास आपके विचार बन जाते हैं,
आपके विचार आपके शब्द बन जाते हैं,
आपके शब्द आपके कर्म बन जाते हैं,
आपके कर्म आपकी आदतें बन जाते हैं,
आपकी आदतें आपके मूल्य बन जाती हैं,
आपके मूल्य आपकी नियति बन जाते हैं।'

अब मैं एक बिल्कुल नए चिकित्सा आविष्कार को आपके साथ साझा करता हूँ।

मेडिकल विशेषज्ञों और इंजीनियरों ने एक कृत्रिम हाथ को मांसपेशियों के साथ जोड़कर प्रकृति की पुस्तक का अनुसरण किया है। आधुनिक तकनीक औद्योगिक अनुप्रयोगों और अनूठे कृत्रिम उपकरणों के लिए लचीले व हलके वजनवाले रोबोट हाथों के निर्माण को संभव बनाती है।

मेडिकल विशेषज्ञों और इंजीनियरों ने एक कृत्रिम हाथ को मांसपेशियों के साथ जोड़कर प्रकृति की पुस्तक का अनुसरण किया है। आधुनिक तकनीक औद्योगिक अनुप्रयोगों और अनूठे कृत्रिम उपकरणों के लिए लचीले व हलके वजनवाले रोबोट हाथों के निर्माण को संभव बनाती है। मांसपेशी के फाइबर बेहद महीन निकल-टाइटेनियम मिश्रित धातु के तारों के बंडलों से बने होते हैं, जो तनाव और लचक में सक्षम होते हैं। इस सामग्री में स्वयं संवेदी गुण हैं, जो कृत्रिम हाथ को बेहद सटीक हरकतों को करने की अनुमति देते हैं।

जब मैं चीन गया तो मैंने पेकिंग विश्वविद्यालय के रोबोटिक केंद्र का दौरा किया। वहाँ मैं प्रो. ली माइकल लियू के नेतृत्व में काम करनेवाले कई

विशेषज्ञों से मिला, जिन्होंने मुझे दबाव और क्रमिक परिवर्तन का जवाब देनेवाले एक अनुकूली कृत्रिम अंग का अपना एक नया डिजाइन दिखाया। मैंने उसका प्रदर्शन देखा। उसने उन लोगों को गतिशीलता दी, जो अपना पैर खो चुके थे। प्रोफेसर ने मुझे बताया कि ऐसी प्रणाली को बनाने के लिए उन्हें इलेक्ट्रिकल इंजीनियरों, चिकित्सा विशेषज्ञ, पुनर्वसन विशेषज्ञ और निश्चित रूप से डिजाइनरों की एक टीम तैयार करनी थी। यह एक ऐसी एकीकृत प्रणाली है, जहाँ सभी अपने ज्ञान के अभिसरण की दिशा में काम करते हैं।

विज्ञान तब विकसित होता है, जब वह दुनिया की दबाव संबंधी चुनौतियों को हल करने के लिए जुटता है और यह इंजीनियरों की इक्कीसवीं सदी की अपेक्षा है। हम चाहे एक विकसित देश में हों या विकासशील देश में कुछ सामान्य मुद्दों, विशेष रूप से स्वास्थ्य-सेवा के क्षेत्र में, पर ध्यान दिया जाना चाहिए, जिसमें निम्नलिखित शामिल हैं—

1. गुणवत्ता के साथ समझौता किए बिना सस्ती स्वास्थ्य-सेवा।
2. स्वच्छता शिक्षा, जीवन-शैली की देखभाल और पर्यावरण के रख-रखाव पर जोर देनेवाली निवारक स्वास्थ्य देखभाल।
3. एक वैश्विक दुनिया में देश केवल विशिष्ट क्षेत्रों या फिर देशों के एक समूह या फिर देश में ही अच्छी स्वास्थ्य सेवा से संतुष्ट नहीं हो सकते।
4. स्वच्छ जल और ऊर्जा की कमी के चलते स्वास्थ्य संबंधी गंभीर समस्याएँ पैदा हो सकती हैं।
5. दुनिया के किसी भी हिस्से में होनेवाली चिकित्सा-पद्धतियों और सामाजिक सेवा के अच्छे कार्यों को दुनिया भर में फैलाने के लिए तंत्र मौजूद होना चाहिए।
6. अनुसंधान एवं शिक्षण क्लीनिकल कार्यों में और इसके ठीक उलट महत्त्वपूर्ण मददगार हैं। स्वास्थ्य संबंधी मुद्दों के लिए समय पर और प्रभावी समाधान खोजने के लिए वैश्विक ज्ञान प्लेटफॉर्मों को एक करने की आवश्यकता है।

हाल ही में रोगियों, उनके चिकित्सकों और कुछ सामाजिक कार्यकर्ताओं की एक बैठक आयोजित की गई। एक बेहद महत्त्वपूर्ण परिणाम पर चर्चा हुई। रोगी और चिकित्सक के बीच का संबंध बढ़कर मरीज के परिवार और चिकित्सा देखभाल में डॉक्टर तक जाता है। बदले में यह एक परिवार से दूसरे परिवार तक संदेशों को भेजता है; जैसे—बीमारियों से कैसे बचा जाए, सामयिक जाँच, खान-पान की आदतें और अच्छे स्वास्थ्य के लिए व्यायाम सहित जीवन-शैली में बदलाव की आवश्यकता। चिकित्सक और रोगी के बीच के इस अच्छे संपर्क की तुलना एक शिक्षक और छात्र के बीच के संबंध से की जा सकती है। मैं आप में से प्रत्येक से अनुरोध करता हूँ कि जब आप एक डॉक्टर होते हैं तो हर परिवार को बीमारी से बचाव और अच्छा स्वास्थ्य बनाए रखने के तरीकों से जुड़ी सलाह देते समय एक शिक्षक की भूमिका निभाएँ। मुझे उम्मीद है कि आप सभी को इस नेक कार्य के लिए समय मिलेगा।

(31 मार्च, 2015 को मैसूर मेडिकल कॉलेज एंड रिसर्च इंस्टीट्यूट, मैसूर में दिया गया उद्बोधन।)